切膚之美

馬卡 著

§

沒有所謂的玩笑，所有的玩笑都有認真的成分。

——佛洛伊德

目次

1. 預設背景

八月四號這天，氣溫極高，猛烈的陽光像從放大鏡下探出來般，炙熱得不禁讓人懷疑柏油路之所以黑，可能是被它給烤出來的。所幸已過午後，日頭稍斜，讓溫度下降些許，否則走在路上，人可真會被烤得肉乾骨裂吧。

在政府節電的建議宣示下，派出所空調只能設在28度，像裝飾品，不僅讓室內悶熱，還讓派出所充斥著難以忍受的汗臭味，以致廖姓員警有時覺得，自己彷彿從未在男子高中畢業一樣。

剛從外頭抽完菸的他來到桌前，忽感皮鞋底與地板糾纏不清，還以為皮鞋底讓柏油路給燙融了，抬腳一看才知，原來是一塊粉紅色泡泡糖黏上了鞋底。他一手扶窗，一臉無奈用衛生紙清理鞋底時，一位看來年輕的同仁靠了過來，有默契的向他頷個首，再把一個資料夾放他桌上。廖姓員警好不容易把泡泡糖清理乾淨後，開始翻閱那份資料，一面回想那天的事。儘管派出所內依然悶熱，他忽覺背後汗水像結冰一般貼上他的背脊，凍得他不禁顫抖起來；此外，鞋底又與地板糾纏不清，但跟泡泡糖無關，這次他感覺鞋底彷彿陷入濃厚黏涎的血泊中一樣。

「您好，這裡是竹東派出所。」那天他接到電話時，中氣十足的說。

電話那一方是個少女，說起話來異常緊張，不僅結巴，聲音也微弱。廖姓員警請她冷靜下來並加大音量，否則他聽不清楚。下一秒她像個男人一樣發出清痰聲，接著恢復鎮定，表示有個少女在竹林大橋下的一個貨櫃小屋裡慘遭殺害，旁邊還有個男人身受重傷，說完她嘻嘻笑了兩聲。廖姓員警問她笑什麼，她卻罵了聲「我笑你老母啦！」，之後又重複說了「快點過去快點過去快點過去」三次，最後她鎮定的說：「因為從失血量判斷，那男的也快一命歸天惹。」說完，她就把電話給掛了。

「我才屌你婆咧。」廖姓員警用客語髒話嘀咕著。

廖姓員警認為這是起惡作劇，但當警察可未有忽略報案的權力。他隨後駕警車抵竹林大橋前的路邊，車未立即熄火，打算抽根菸再下車。陰暗天空下起了雨。這時電話響了起來，他看一眼，是太太打來的。大概又是抱怨浴室蓮蓬頭怎麼還沒修。他故意不接，選擇抽菸。當警察的好處之一是，漏接電話永遠有正當藉口。不一會，偵查隊也抵達，廖姓員警有點意外。對方立即撐著一把黑傘下車，是個矮胖的原住民刑警，身上制服有些過度緊身。他把菸熄滅，車熄火，從置物櫃裡拿出雨傘，下車。兩人微笑打聲招呼，繼而從一旁草叢下去。草地因剛下起了雨，非常滑，拿著老婆的紅色白點雨傘的他，差點摔了一跤，又忍不住咒罵一聲客家髒話。抵達橋下後，他環顧四周，感到十分意外，原來他每天開車經過的竹林大橋下，景色並不差，綠瑩瑩的灌木叢，水石明淨的河流，天空還有飛鳥經過呢！若非這幾天斷斷續續的雨勢，使得滿地泥濘，否則他還真想就這麼躺在草地上。

「嗯……」他心裡暗忖，「好像是個適合ＢＢＱ的好地方。」他決定回去跟他太太說。過許久，他才回過神來，但根本沒看到報案少女所言的小屋。

「哪來的小屋呀？」他跟偵查佐說。對方以短肥手指，指向右邊樹旁。他隨之望去，確實看到一個貨櫃小屋。

兩人隨即往小屋走去。抵達門前時，廖姓員警內心非常平靜，畢竟他就是認為這是一場惡作劇。他覺得裡頭可能什麼也沒有，最慘，大概就是一群嗑藥的青少年，躲在裡頭試圖嚇唬人吧。

可是當他將門打開後，忽然背脊一涼，寒毛盡戴。天呀，小屋地板上都是血，一股濃厚血腥味直衝腦門，讓廖姓員警不住乾嘔。一個被包裹在棉被裡的少女已死亡多時，而一旁全身赤裸的男人則昏迷不醒。現場還有個持刀少女坐在血泊中嘻嘻笑著。然而這一切都非廖姓員警感到冷的原因，而是因那嘻嘻笑的少女的臉上竟戴著一層臉皮，而躺在棉被裡的少女則一臉血肉模糊。拿著刀的少女也全身赤裸，她看到廖姓員警時，忽然笑得更加劇烈，但因臉上戴著別人臉皮的緣故，那笑竟有種惆悵感，好像臉皮在替被摧殘的主人感到遺憾一樣。

「警察先生您們好，我是兇手妹妹，請把我抓起來。」那個少女說，語調像國小生演講一樣，抑揚頓挫都沒少。

經調查，檢警知道報案人是一個叫小潔的少女，但該少女表示報案人不僅自己，她們共有四人，除她外，尚有美里、阿惠和盈盈。小潔還說，她們是莫莉，也就是那個少女兇手，在竹東高中的同班同學。她們認識多年了，彼此深情厚誼，情同姐妹。那個叫莫莉的少女在殺人現場的舉止實在詭異逾常，以致大家都認為她的精神狀況出了問題。但她被拘留後，卻又一派正常，不僅端莊大方，也談吐有致，但她所坦承的殺人動機跟內心的一些想法卻令人咋舌。此外，她還不斷強調自己精神未有異常，應接受正常審判才對。經過幾次面談，及相關生理包括腦波檢查後，精神科醫師依然未能得出確鑿結論。他感到不解，甚至懷疑她有嚴重的自毀傾向，於是打算進行另個鑑定方式——與她身邊親近的人詳細面談——也許能在其他人的說法中，找到能夠證明「什麼的」若干觀點。他最先想到的人選，就是她的這群好友，亦即報案的少女們，於是委託派出所協助。故而在這個當下，少女們被請來派出所的這個小房間裡。而精神科醫生將與她們進行面談，並將自她們的敘述裡，找出關鍵的蛛絲馬跡，做為判定莫莉的精神狀態是否正常，及她犯行當時有無責任能力的依據之一。

這時，我們透過監視器畫面，來觀察這個小房間：

首先，我們看到一個神色自若的少女，乍看之下她很冷靜，甚至拿出菸與打火機，但她的冷靜鐵定是佯裝的，因她神態已告訴我們，她很明顯在猶豫是否抽菸。若你仍有理智考慮抽菸這行為的合理性，代表你這人肯定不是真正放鬆的，對吧？接下來我們看到一個喝著珍珠奶茶的少女，她不斷的數數，猶如在算自己杯子裡還剩幾顆珍珠一般，也許她就像《雨人》的男主角，有超人的心算能力也不一定。再來是一個神態木然的少女，她以頭接連不斷的輕敲牆壁，恍若在耶路撒冷哭牆前禱告的猶太人一樣，但她是否因信仰而撞牆，或者是對生命的存在感到疑惑，而企圖找出撞牆自戕的最好角度，我們則不得而知。最後一個少女則專注的閱讀一本書，我們再靠近一點，發現那是契訶夫的《第六病房》。

我們再從監視器畫面移出，回到派出所。這時，有個身量一般、裝束正式，臉上滿是鬍子的微胖男人抵達派出所。他外型看來約五十來歲，但臉上的緊緻皮膚透漏著更年輕的可能性。天氣實在燠熱，陽光彷若在鬍子先生身上膨漲起來，使得他滿臉汗水，腋下也濕了一片，甚至連手上的手搖杯彷彿也被蒸發到只剩冰塊（但飲料當然是被他給喝掉了）。我們看見廖姓員警上前跟他招呼，又與他說了一些話，鬍子先生的臉色隨即凝重起來，但在他凝重的神色裡，卻又看不出情緒。廖姓員警莊重的把資料夾交給鬍子先生，概述一些內容後，留他獨自在座位上。離開時，他的腳步沉重，彷彿還在血泊中行走一樣。鬍子先生開始閱讀資料夾的文件，期間有人給他一杯水，他把水倒入手搖杯，搖晃幾下，又一口氣喝到只剩冰塊。約莫半小時後，他嘆口意味深長的氣，起身，走進少女們所在的小房間。

2.面談開始

發問者：妳們好，真不好意思。今天天氣很熱吧？幸好這小房間猶有空調，不過依然滿悶的，妳們需要喝點水嗎？

（少女們沒有回應）

發問者：不用是吧？呃……我想妳們一定很緊張吧？身處在這個壓迫感甚重的小房間裡，眼前還坐著一個長相不令人愉快的男人。若我是妳們，一定很害怕。但妳們不用擔心，我可跟妳們保證，這裡非常安全，而且我是精神科醫生，雖說醫生不一定是好人，但至少我絕非壞人啦！

（少女們依然緘默得像一排冰山）

我想妳們也知道自己在這裡的原因吧？呃……是的，沒有錯，是為了妳們的好朋友莫莉。她殺了人啊……還是妳們來報案的。我想妳們一定跟我一樣，認為莫莉應在精神方面有問題吧？畢竟這世上不會有正常人在殺了人後，坐在現場嘻嘻笑，事後還很高興供認不諱的。我幾乎可斷言她是思覺失調，可能聽命於自己妄想，才做出如此殘暴行為。警察叔叔他們啊，也在現場發現一些奇怪東西，如被砍下的雞頭、剪下的指甲、鼠尾草、一團頭髮和狗牙齒等，還找到一本奇怪的手寫書，上頭字跡已證明是莫莉的。我猜想她可能認為自己在執行某種神祕儀式，但她未有自覺，就像夢遊一般，才把小柚子給殺了。妳們認同我的說法嗎？

（少女冰山依然堅固，持續沉默……）

妳們很害羞嗎？不過我當真需要妳們說話喔，否則我很難幫助莫莉。妳們也知道，那個志勇還在昏迷中，幫不上忙，就剩妳們了喔。妳們很關鍵的。嗯……小柚子……那個被殺害的少女，資料上未說明妳們跟她的關係。我猜想，小柚子也是妳們的朋友嗎？

（少女冰山忽然迸裂，發出笑聲）

發問者：嘿，妳們總算有反應了。怎麼了，我說了什麼好笑的事嗎？

小潔：嘖……這位先生，你是抵講笑詼是嗎？阮跟小柚子才不是朋友，而且阮才不閉俗咧。阮只是等著看你愛講什麼而已。是沒錯，莫莉是阮超級好朋友，可講是生死之交。但小柚子喔……阮攏看伊超袂爽的耶。

發問者：為什麼？

阿惠（露出白眼）：她太完美了，完美得令人討厭。

發問者：什麼意思？

阿惠：醫生你不覺得嗎？完美的人，令人討厭。

發問者：這……

阿惠：若這完美是佯裝出來的，則不僅令人討厭，還令人作噁。

小潔：阿惠，妳是抵講啥潲啦！醫生我共你講，阮討厭小柚子，純是因伊看阮袂起。

盈盈：對！小柚子超級跩的。妳們都還記得她第一次看我們的眼神吧？好像在說「呃……莫莉怎麼會跟這些人做朋友」的感覺。而且我算過，小柚子的命盤根本也跟我們不合。

發問者：算過？

盈盈：是的，我會算命的哦。咦，醫生你資料裡沒有嗎？我可是個天生的巫師喔。我祖母是原住民，她是族裡的cikawasai，而我是家族中的唯一傳人。

小潔：妳嘛卡好咧！那妳按怎沒算出莫莉的劫數？

盈盈：可能是我功力還不夠。

（小潔這時翻個白眼）

美里（聲音非常小）：但系……我覺得小柚己姐姐……一開始系有把我們當姊妹看的……

盈盈：那不是真心的。我很確定，所以說三次，不是真心的、不是真心的、不是真心的……

阿惠：妳強迫症又犯了齁……

美里：嘻嘻！

小潔：反正阮攏不合意小柚子啦！伊太超過了。但看到伊的死樣，阮嘛替伊難過，畢竟伊死得太慘了。醫生你嘛知，阮可是第一目擊者，看到的可是原汁原味，只不過後來阮攏驚甲走甘哪飛。美里當晚猶閣做惡夢咧！（這時美里忽發出一陣害怕尖叫聲）不過阮一點也不同情伊。醫師你愛知影，小柚子是一個沒血沒目屎的人，就連死也不放過阮。

發問者：死也不放過妳們？

盈盈：對啊，你也知道啊，她就故意死在我們過去常聚會的地點，竹林大橋下的粉紅小屋啊。那是我們的祕密基地，我們最愛的地方。那原本是一個廢棄貨櫃，是莫莉爸爸以前做生意用的，後來他不要了，我們就把它留下來，煞費苦心整理過，才變成一個屬於我們的溫馨小屋。我們平常會在裡面一起K書啦，談心事啦，玩塔羅牌啦，或者就在裡頭發呆，醫生你知道，只要我們靜默，在裡頭一切都闃無聲息哦，很多東西彷彿不復存在，煩惱啦憂愁啦痛苦啦，有時甚至時間都儼然被遺忘了。對我們來說，粉紅小屋是有療癒能力的哦。

我們都覺得小柚子之所以死在小屋是刻意的，她的死會有煞氣，短期內都不會消失，我們就無法再進去了。不過這也可理解啊，她本就自私又討厭的，我們在她死前就已知她的真面目了。

小潔：我才怏驚什麼煞氣！我猶是敢去，是妳抵驚而已。

盈盈：我是為大家好。而且阿惠跟美里也不敢進去啊，不是嗎？

（這時無人回應）

發問者：但是，小柚子是被殺死在裡頭的，並不是她選擇死在裡頭的。

阿惠（這時她推推臉上的藍色粗框眼鏡）**：**醫生這你就不知道惹，小柚子她這人齁，心之縝密是常人無法想像的，我認為她的死一定也是設計過的。是，她很完美，大家都喜歡她，但事實上齁，那都是演出來的。做戲啊，她可是高手。就像她對莫莉好，就是謀求她的一切。邪惡、貪婪與殘暴，才是她真正的形容詞。

發問者：是嗎？妳們都這麼認為嗎？

（盈盈這時猛點頭）

（美里左看看右看看，無法決定）

小潔：無毋著，就是按呢！不過，按呢聽起來彷彿阮對小柚子有偏見，刻意排擠伊，但阮才不是新聞報的那種霸凌朋友的不良少女咧！事實上，正好顛倒反，是小柚子予阮莫莉霸凌……

盈盈：對，莫莉就是因受不了小柚子的霸凌才精神崩潰……

阿惠：我想醫生你也知道，小柚子來自失常家庭，我想那正是她個性扭曲的原因。但這絕非欺負人的藉口吧？社會上很多怪人出身更差，也不會倒行逆施，對待他人也很好啊，才不像小柚子那麼變態，敲骨吸髓似的對待莫莉。這麼說或許駭人，但我覺得……我覺得……她被殺死的這件事，並非難以理解，畢竟小柚子的性格跟常人差別極大，而且嗯……我們甚至有些慶幸，至少魂歸九泉的，是正確的那個人。這麼說恐怕很殘忍吧？（發問者未做反應）我想是的。但殘忍與否並不重要啊，真正令我們傷心的是，最善良的那個人卻被抓了起來……這實在太荒謬惹！醫生你……你一定要幫幫莫莉好嗎？

發問者：那正是我今日在這裡的原因啊，我就是打算證明莫莉的精神狀況不佳，才犯下這駭人罪刑的。所以從現在開始，妳們竭盡所能、毫無保留的，將妳們所知道的關於莫莉與小柚子的細節告訴我吧，好嗎？

3. 重逢的午後

盈盈

嗯醫生，那就由我先來說吧。當然我們得從莫莉如何認識小柚子開始講起吧。我想醫生你也知道，莫莉與小柚子之所以認識，是因小柚子在高一時搬進了莫莉家，對吧？

（發問者點點頭）

你知道原因嗎？

發問者：我這裡有紀錄，但我希望從妳們這裡得到第一手消息，以進一步比對，越詳細越好。

（盈盈這時也點頭）

若你想知道莫莉與小柚子的關係，你得先知道她們母親的關係哦。

大約二十五年前，莫莉母親阿娥南下嘉義讀書，碰到同樣南下的小柚子母親玉卿。兩人是○○大學第一屆外文系同學，很有緣份哦，一見面就互相喜歡，成了好友。期間兩人風雨同舟，經歷很多事，如玉卿母親死去父親再婚，獨生女的她跟父親、後母感情不好，有段時間她覺得世界只剩自己，是阿娥的陪伴讓她堅強、自立；後續則是阿娥失戀，為追回被學妹搶走男友的她，做了很多很多荒唐的事，據說還鬧上警局呢！玉卿費了好大功夫才勸退她並陪她走出陰霾；大四時兩人還是系上畢業公演希臘神話《美狄亞》的雙主角哦，玉卿扮演美麗的美狄亞，阿娥則男扮女裝扮演英氣的伊阿宋，他們公演獲得佳評，尤其玉卿扮演的美狄亞，聽說演出手刃兩個孩子的情節時，演技精湛得不得了，她那僵冷而殘酷的神情，致使觀眾紛紛發出驚嚇的嘖嘖聲，有些人還以為她真殺了人呢！她們的關係恰好與《美狄亞》的劇情相反，沒有背叛沒有仇恨更沒有傷害，兩人在鳳梨田相互扶持四年，可謂情誼深重。後來兩人同年結婚，也幾乎同時生小孩，也都生女兒。

婚後，她們依然是好朋友，但因日子忙碌，略略疏遠。幾年後，兩人生活步調稍慢時，玉卿常來訪阿娥在竹東的大房子，而且每次來訪必定帶著小柚子。莫莉每次都很期待小柚子來訪；大她幾天的小柚子因在台北成長的原因，心態比莫莉早熟，所以莫莉都喊小柚子「姐姐」。莫莉也很喜歡玉卿，她容貌姣好，比阿娥還漂亮哦，尤其長睫毛下的深邃雙眼，晶瑩澄澈，又美又溫柔，且儀態款款動人，講話總輕聲細語，每次也都化淡妝、著整齊套裝、梳包頭，就像空中小姐一樣。莫莉曾說，她小時候好希望玉卿是自己母親呢。

奇怪的是，每次她們來訪，莫莉都感覺時間過得飛快。莫莉在小柚子回家之際，總是會哭。小柚子每次都會安慰莫莉：「妹妹不要哭，姐姐很快會再來的喔。」每次小柚子這麼說，總讓莫莉哭得更大聲。兩位媽媽見狀笑得合不攏嘴，她們都很欣慰女兒能有這樣的情誼，畢竟兩人也是彼此最好的姊妹淘。

一回莫莉生日，小柚子帶來一個非常漂亮的藍色玻璃天鵝，跟莫莉說：「這是我親自挑的禮物喔。」莫莉聞言，忽害羞起來，躲在媽媽屁股後面，拉著媽媽裙襬，問媽媽可不可收下。媽媽說「當然可以」。莫莉於是開心收下。

莫莉接著說：「下次小柚子姐姐生日時，莫莉也要準備禮物給小柚子姐姐。」小柚子點點頭，說：「姐姐已開始期待了喔。」說完，兩人像兩隻小老鼠，咚咚幾聲一下子遁入房間，進入屬於她倆的小天地。

只是可惜的是，那日後，小柚子不曾再來。莫莉後來問媽媽，小柚子姐姐為何沒再來家裡玩，莫莉記得媽媽說，小柚子她們搬家了，好像搬到很遠很遠的地方。

莫莉媽媽一向知道莫莉寂寞，也打算讓莫莉當姐姐。可惜後來因莫莉父親莫志遠的公司經營不善，好像是他們所代理的最大歐洲皮件商忽宣布不與他們續約，生意一落千丈，家中經濟陷入危機。原本當家庭主婦的阿娥，只好硬著頭皮幫忙。名校出生的她開始很辛苦，但因很聰明又很努力，東奔西顛一下子就找來該皮件商之最大敵手，她與他們簽下獨代，並很快在台灣打出名聲，莫莉爸爸的公司因此獲救，業績還比過去巔峰時期高上一倍呢。但一忙，就忘了讓莫莉當姐姐的這件事，莫莉也就一直是獨生女。此外，莫莉父母非常忙碌，常一飛歐洲就是半個月，莫莉很常感到寂寞，因她多半都是一個人，找不到人說話。

家裡雖有隻八哥犬快樂，但它整天就是睡覺，要不就是吃，而且不愛理莫莉。此外，快樂還很愛放屁，且其臭無比。我們每次去莫莉家玩時，看見快樂都覺得尷尬十分，因為牠分明是一隻很憂鬱又愛放屁的狗，卻叫快樂，好像諷刺一樣。莫莉曾說，快樂是她的第二隻狗；她絕非不喜歡牠，只是她的第一隻狗死得太慘，媽媽後來買了快樂給她，藉以讓她忘卻第一隻狗，但她卻發現自己無法再喜歡另一隻狗了。

莫莉家裡還有個傭人，叫阿阮。來自北越河內。一向短髮、面容黧黑，且暴牙的她，是照顧莫莉爺爺的人。她儘管身材瘦弱，卻力大無窮，可獨自抱起莫莉爺爺，沐浴、如廁等都沒問題。但腦袋卻不太好，儘管已來台多年，國語卻說得二二六六。莫莉爺爺不會走路已超過十年光景。莫莉怕死他了。他老垮著一張臉，且因洗腎，臉色跟茄子一樣紫，像躲在暗處的鬼。而且脾氣很壞哦，經常咒罵人，甚至還會拿東西丟人，包括吃過的杯碗，用過的尿布，或穿過的內衣褲等。莫莉永遠忘不了他有次把沾有糞便的內褲往自己頭上丟，真是臭死了。而且因行動不便，除非阿阮以輪椅推他出門的話，多半他是待在家裡的。當父母在國外時，莫莉幾乎就是躲在房間，以避免碰到可怕的爺爺。莫莉自有印象以來，爺爺就是生病的模樣，致使她一度以為，人到了桑榆之年，都會像爺爺一樣，變成癱瘓且個性古怪的神經病。

阿阮的個性其實也古里古怪的，莫莉常見她跟她的越南朋友在玄關聊天，講話超大聲，且情緒起伏非常極端，一下哭一下笑的，且無論哭笑，聲音都高八度，就像運作中的磨光機的聲音一樣令人厭惡。此外，就跟快樂一樣，她也不常跟莫莉交流。但莫莉說：「這一切都是語言不通的關係。」阿阮的國語不靈光，而莫莉也完全不懂越南話，更不會學狗叫，所以造就她無法跟快樂和阿阮溝通或交流。

但我們卻認為絕非如此。在我們看來，阿阮討厭莫莉跟我們。我們都深有同感哦。醫生你知道，每次我們去她家玩時，阿阮也不跟我們說話哦，甚至每次都皺眉盯著我們，好像不太歡迎我們來的樣子。小潔好幾次受不了她的態度，質問她到底想怎樣，幸好後來都被莫莉勸下，否則阿阮可能會挨揍。

在我們建議下，莫莉試圖跟母親說明阿阮的態度問題，但阿娥卻要莫莉不要胡思亂想，還說阿阮很好，安分耐勞、個性溫和，又說在莫莉小時候，阿阮對她可謂無微不至的照顧，恍如她第二個母親一樣。阿娥還要莫莉多體諒阿阮，說她孤身來台照顧爺爺已很辛苦。她希望莫莉學著善解人意，畢竟她已擁有很多，而擁有很多的人，對世間萬物應多點憐憫。阿娥總喜歡說這套，可能與她學佛有關，所以莫莉也幾乎理屈詞窮。而且刁滑的阿阮超會演戲哦，在主宰她生死的阿娥面前，永一副唯命是從的樣子，還會裝可憐呢！總之，她像條狗，對不喜歡的人作威亂吠，但在主人面前就俯首貼耳，假惺惺的。

莫莉曾跟我說，自己雖生活富裕，但若真要比，小柚子或許比自己幸福——至少在那件事尚未發生以前。小柚子曾跟莫莉說，她家境並不好，生活很辛苦，但家中氣氛卻非常融洽，尤其父母感情貞愛不移，對彼此溫存體貼；在她印象中，從不曾見父母吵架，甚至連大聲說話都沒有，感情好到兩人若沒見到彼此，就覺得時間被浪費了。

直到他們全家去台中玩的那天，她的人生澈底被改變了。

抵達台中那天時，夜幕已垂，彎月像藏匿在夜空裡的《愛麗絲夢遊仙記》的柴郡貓的微笑，給人奸詐又傲然的感覺。一家人先到逢甲夜市去。小柚子記得自己吃了排隊排很久的大腸包小腸，還吃了加了滿滿糖漿的冰豆花，之後她被人潮擠到有點暈，就到飯店休息，隔天準備去她期待已久的薰衣草森林。但她印象很深刻的是，當晚她父親在逛夜市時，心事重重，臉上雖一直掛著笑容，但卻僵得恍若戴上日本笑臉面具一般。但當時她還很小，不甚了了。後來躺在母親腿上看《蠟筆小新》，父親在旁邊喝啤酒配紅土花生（父親還遞給她幾顆呢），她被小新逗得哈哈大笑幾次後，就迷迷糊糊睡著了。

早上醒來時，母親仍在睡，父親卻不見蹤影。小柚子覺得冷，原來是窗戶洞開著，免錢的冷空氣不絕灌入室內。她起身打算關上窗戶，先是看見窗外一片霧氣，她忽覺飯店恍若穿越雲層，又或者天空低懸下來，致使天空與地面接壤，像仙境。她忍不住伸手觸摸那像極了雲團的白霧，但什麼也摸不到。下一刻，她探頭而出，閉眼，大口吸納濕潤而冰冷的空氣，不知怎的，她覺得自己變得純淨。少頃，她將眼睛張開，原來父親在樓底下。但他的身體往後折著，起先她以為父親在下面做體操，還跟他招手耶，後來發現父親的姿勢異乎尋常，未免也折得太厲害了吧？又不是馬戲團的特技表演……疑惑的小柚子這時凝目細看，才在父親身體底下看見一攤鮮血。他的臉往上看著，像在注視小柚子，但五官因痛苦而極度扭曲著，猶如附身於體內的惡魔欲掙脫身體一樣。

後來小柚子才知道，他父親因期貨投資失利，賠了不可貲計的錢哦。所以當天是他與她們以及自己人生的道別之旅。只是她父親很笨，選擇了錯誤方法跟地點了結生命，小柚子曾聽別人跟母親說，父親在現場撐了至少半小時才斷氣。

小柚子父親自殺後，小柚子跟母親便開始顛沛流離的生活。因無力承擔房貸，她們於是把台北公寓賣掉，回到彰化與祖母與小柚子叔叔一家人同住。但入住後不久，一日，玉卿忽打包行李，拉著小柚子步出奶奶家。小柚子不太懂，只記得奶奶一直哭，而叔叔和嬸嬸則鐵著一張臉看著她們離開。小柚子轉身跟奶奶揮手道別時，手卻被母親抓住，力道之大，都弄疼她了。她母親不準她跟奶奶道別，而她不知道原因。

之後她們搭統聯北上。在公車上母親未發一語。當天下著雨，窮極無聊的小柚子只好數著拍打在窗戶上的雨滴，或看著雨水與燈光交錯的朦朧景色。她在窗上哈了一口氣，冰冷窗面染起了一層白霧，小柚子在白霧上畫了一個笑臉。過去了一段時間，窗上笑臉已然消失，取而代之的，又是空漠的窗面。一種難以名狀的空虛這時襲入小柚子內心。

「該下車了。」玉卿以平板板的語調說，同時站起身子，離開座位，逕往前走。小柚子趕緊起身，跟著母親下車。

但又沒雨衣也沒雨傘，斗大雨水一直出聲拍打在她們身上。小柚子叫母親買雨傘，她卻不回應，僅牽著她在雨中行走。小柚子抬起頭，看了一眼母親，才發現她悒悒的面容就像父親死去那天一樣，讓她恐懼萬分，不敢再多言。

不知走了多久，全身濕淋淋的她倆走進台北一間很臭、味道又鹹鹹的低價旅館。隔壁房客整晚咿咿哦哦叫個沒完。小柚子與母親在旅館待了幾夜，繼而又搬出旅館，到台北林森北路的一間小套房裡。

那段期間，小柚子不懂母親在做什麼，反正她白天一身酒氣回來，倒頭就睡，有時還不斷嘔吐，小柚子還得照顧她。睡了一整天後，在黃昏時，她又坐在梳妝檯前化起大濃妝、噴上非常嗆鼻的香水，八九點左右又出門了。上國中後，她大概知道是怎麼一回事。

「不過那也是莫可奈何的事，父親死去後，母親得靠自己養活我們，不然我們無以為生。莫莉大概很難體會家徒四壁、囊空如洗的感覺吧？不過我覺得她去那種地方工作不純為錢，妳知道她學歷不錯，要找好工作不會太費事，而是喪夫之痛無法排遣，好像內心賴以為生的什麼存在已消失或死去，她覺得無所謂了吧。自從我們搬進小套房後，我被迫著自立，國小高年級就整天騎摩托車遊來逛去，不僅自己上學、吃飯、洗衣，生病也自己看醫生，還得自己買家用品呢。購物都去傳統市場，妳知道那裡的阿桑叔叔伯伯們較有人情味，只要臉上多點笑容，嘴甜一點，例如無論誰都一律喊漂亮姐姐俊俏哥哥，就能有特價，有時還能拿到免費青菜呢！蠅營狗苟，只求謀生……不過這也不全是壞事，妳知道，為了省錢，我幾乎都自己煮，因此煮得一手好菜呢！但說到底，都是環境所逼，若非如此，我跟我媽都會餓死吧！」小柚子曾苦笑著一張臉，跟莫莉這麼述說。

這樣的日子過了很多年，小柚子也習以為常。直到一早，玉卿忽問小柚子：「還記得莫莉嗎？」

小柚子點點頭，說：「當然記得。」

玉卿跟小柚子說：「等一下妳就可以見到她了。」

一輛車身漆面嚴重損傷的計程車緩緩駛來，停在一間大房子前。那是一間歐式的白色大房子，門呀窗呀的框邊塗上了亮藍色，頗有地中海式的建築風格。只是在台灣見到這樣的特殊建築，多少令人感到造作吧？太陽那時已稍微西下，天際那如肋骨般的雲朵已略略染紅。玉卿與小柚子下了計程車，司機趕忙彈起後車廂，把一個舊舊的名牌黃色大皮箱給抬了下來。玉卿跟司機說了些話，司機點頭，在原地等待。

稍頃，小柚子拉起皮箱，喀啦喀啦的跟母親走進大房子。

阿娥與莫莉已守候在如大花園般的玄關裡，站在那棵飄長約三公尺的羅漢松旁，地上是剛種上不久、翠綠如幻的草坪，自動灑水機正運作著，像個點燃的水花煙火似的。阿娥見到玉卿時，不知為何忽以手撫胸，幾顆豆大眼淚像眼珠漏水般迸了出來，但她很快把眼淚拭去。她們不像久未謀面的朋友般，有訴不完的話題，只見玉卿與阿娥兩人雙眼都含著淚，說明兩人早了彼此心跡。莫莉與小柚子皆察覺到氣氛中那彷彿在游移的凝重與哀傷，只是不知所為何事。玉卿臨走前跟阿娥相擁，之後跟小柚子說：「媽媽很快會回來接妳。」小柚子用極清亮的聲音說：「好喔。」彷彿企圖用聲音來割破這如氣球般膨脹的悲傷氣氛。

誰知道，素來誠實的玉卿這會竟撒了謊，她再也沒有回來過。

阿娥並未提前跟莫莉提及小柚子來訪的事，當她見到小柚子時很感意外，但就這樣了，未有太多情緒。畢竟兩人已多年沒見，對莫莉而言，小柚子就像一個新認識的朋友。

她原本也這樣以為。

不過再仔細看一眼，莫莉覺得自己在小柚子臉上看見了過往的小柚子——那個印象中的姐姐。不過漂亮許多，或者該說很多很多，一雙清澈大眼、高聳鼻樑，一身完美無瑕的白皙肌膚，使得陽光宛似發光細粉般在她身體四周飄浮著，小柚子簡直美到讓人讚嘆的地步。

玉卿離開後，阿娥強打起情緒，用還算欣喜的語調跟莫莉與小柚子說話。不過久未謀面，還是略顯尷尬。後來阿娥領著她們到房間去。那是一間寬敞的日式房間，沒有床，僅在榻榻米地板上鋪著鵝黃色床單與枕頭；中間隔有一道木門，一旦拉開，就是一個大房間。

「妳們以後若覺得不方便，隨時可把這扇門關上。」阿娥摸著木門說，「那麼我就不打擾妳們，讓妳倆敘敘舊了。」莫莉記得當天母親離開時，眼角依然泛著淚。

小柚子環顧四周，說：「我好像還記得這裡呢！」

莫莉莞爾一笑，說：「這房間就是以前我們玩扮家家酒的地方呀。」

小柚子這時看到莫莉書櫃上方玻璃櫃裡的玻璃天鵝，訝道：「那難道是……」

莫莉說：「沒錯，那是姐姐之前送我的生日禮物，我都還留著呢！」

「妳叫我姐姐？」小柚子露出笑容問。

「以前我好像就是這樣叫妳的……」莫莉說，「姐姐……不喜歡嗎？」

小柚子搖搖頭，說：「當然不會。」接著看向玻璃櫃裡的玻璃天鵝，說：「我可以拿起來看看嗎？」

「當然可以呀。」

小柚子走近書櫃，才發現裡面不只一隻玻璃天鵝，還有另一隻裝在完整盒子裡的一模一樣的玻璃天鵝，但顏色不一樣。盒子裡的天鵝是透明紅，而原本的那隻是透明藍。小柚子取下藍色那隻。

「那天我生日妳離開之後，我就吵著媽媽帶我去買一隻，準備等妳生日當天再送妳，可惜那天之後，妳就不曾再來了。」莫莉說。

小柚子說：「現在也不會太遲啊，我應該還可以收吧？」

莫莉笑著說：「當然可以。」

小柚子將玻璃天鵝放回玻璃櫃，說：「不過我們還是放在裡面就好了，兩隻天鵝在一起比較不寂寞。」說完小柚子露出微笑。

她的微笑讓莫莉彷彿又回到十歲的感覺。

接著小柚子把行李箱打開整理，莫莉則搭手安放。這對總角之交一面整理行李一面聊天，一下子就找回過去的姊妹情誼。

4. 小柚子好受歡迎喔

阿惠

自從小柚子來家裡後，我們必須坦白說，一開始莫莉是極開心的。她覺得自己在家再也不寂寞惹，不用跟阿阮講話，得到她的冷淡回應，也不用每天試圖跟快樂那隻笨狗玩，搞得自己像個自言自語的笨蛋。她有了小柚子，好像世界一下子變成彩色的。

而且奇怪的是，小柚子來家裡後，阿阮也變得多話——我指在莫莉家裡用國語說話的部分——經常用蹩腳國語跟小柚子聊天，苦瓜臉也不見惹，整天像個白癡一樣呵呵笑。阿阮甚至還跟小柚子介紹她遠在越南的女兒，說她年紀也跟小柚子一樣，但沒有小柚子漂亮，也沒有小柚子聰明，更沒有小柚子體貼。她說每天她都想用Skype跟女兒視訊，當媽的總想看看女兒，想知道女兒現況嘛。但她女兒居然經常推託。阿阮說著說著還哭了出來，說自己女兒不要她了。

醫生你知道後來怎樣嗎？小柚子居然擁抱阿阮耶，並露出超虛偽微笑，做張做勢的說：「若妳願意的話，可把我當妳在台灣的女兒啊。」阿阮才破涕而笑。自此小柚子就喊阿阮「媽媽」，簡直噁心死惹。

醫生你知道，她倆聊天時莫莉通常也在一旁，很令莫莉佩服的是，她根本聽不懂阿阮的國語，但小柚子卻能跟她流利對談，令莫莉一度以為是自己國語壞掉惹。又或者，她們只是在瞎聊。醫生你知道，這世界有多少的溝通根本是無意義的，大概互相聽不懂也沒關係，多數人只要自己能說、能發洩就好。我猜是後者的可能性比較大。

遠非如此喔，小柚子也會幫忙阿阮照顧莫莉爺爺，餵爺爺吃飯、喝茶水，或者擦臉，甚至還會到浴室替莫莉爺爺擦澡呢。阿阮還跟阿娥說，因小柚子的關係，莫莉爺爺的身體狀況有了很明顯的改善，且情緒也穩定很多，大概可以呷百二。莫莉聽罷嘖嘖稱奇，阿阮的國語明明爛到不行，小柚子來了後，她國語不僅進步飛快，還開始使用一些閩南語，簡直太神奇惹。還有還有，就連快樂也有改變，原本折起來的雙耳忽立了起來，像雙耳尚未被老鼠咬掉的哆啦A夢一樣，此外，牠也不再懶慵慵喔，而是經常跟在小柚子屁股後面，像個小跟班一樣，後來好像就連牠的屁也沒那麼臭了。

以前莫莉爺爺只要看見快樂，就會拿東西丟牠，並叱吒：「你這天殺的死狗給我滾開！」但有了小柚子這個超級潤滑劑，莫莉爺爺居然開始逗快樂，甚至還會抱著牠露出慈祥神色，就因小柚子一句：「爺爺不能對快樂那麼兇喔！」從此他就改掉了這壞習性。醫生你說神奇不神奇？

小柚子一下子就把這個家庭的沉悶氣氛給改變了，似乎只要小柚子願意，她可跟世上任何人，甚至任何生物變成好朋友。莫莉內心對小柚子不禁心誠悅服。

當然啦，最愛小柚子的人就是莫莉父母了。前面忘記提及，莫莉跟父母之間相敬如冰，是冰塊的「冰」喔。莫莉說，她也不知原因，總覺自己跟父母之間有距離。她明白父母愛自己，但或許是因父母都是高知識份子，對自己期望很高，莫莉卻很少達到父母要求，所以在他們潛意識裡，也許看不起莫莉這女兒吧——儘管也許他們不自知。但表面上而言，莫莉父母從不曾表示自己對莫莉失望，他們總用過度激勵的語氣與態度，說：「可能莫莉還沒開竅吧？再加油一定可以的！」但只有莫莉知道，自己腦袋不靈光，就是笨呀！無論她如何努力，也不可能跟他們一樣好。

此外，阿娥是個開放的人，從小就懂跟莫莉溝通，她經常跟莫莉說：「以前我媽媽對我非常嚴格，但我不喜歡，所以媽媽把莫莉當朋友看待，希望莫莉能像跟朋友一樣跟媽媽相處，好嗎？」

在阿娥幻想中，她認為自己跟莫莉要能像電視上的母女一樣，一起逛街，一起看電視，一起談男人等。她朋友圈子裡，那些蠢貴婦們經常炫耀自己與女兒的融洽感情，每天都在ＦＢ貼上一些母女合照，看得阿娥羨慕不已。莫莉的冷漠常讓她自覺是個失敗母親，她一直很努力嘗試，但一直無法從莫莉那裡得到相同的回饋。她曾感到潰敗，也跟丈夫提及，但志遠認為，莫莉有自己性格，不該勉強，一切順其自然較好。而莫莉方面，大概從自己快懂事時，就感到媽媽想跟自己當朋友的努力，但她不喜歡。她希望媽媽就是媽媽，不用勉強跟自己做朋友，她覺得很怪，像在演戲。

然而這些事小柚子卻跟阿娥都做到了。從台北○○女高轉學至竹東高中的小柚子，有個天生機靈、好用的腦袋，不僅功課優異到讓阿娥四處炫耀，生活方面也是專家，不僅經常教阿娥如何化妝，什麼不同臉型不同打底啦，特殊眼線畫法啦，讓嘴唇更加飽滿的唇色啦等等。在小柚子替阿娥上妝後，阿娥忽然也撐得住「美魔女」的稱號了。她也跟阿娥一起逛街，幫她選衣服。小柚子眼光精準，總能挑出讓阿娥看來更年輕的衣服，非常得她歡心。兩人甚至有一套相同衣服；某次逛街一起穿，宛若母子裝。還有呢，小柚子還參加阿娥跟朋友的歐巴桑聚會，說話總說得宛如蜜裡加糖的她，總聽得她們心裡甜絲絲的；自學韓語的她，還不時現幾句韓語，讓那些迷戀韓國的阿朱媽們聽得驚呼連連。她們也一起去美容院，甚至剪一樣髮型，還會一起看韓劇，他們都認為〇〇〇帥斃了。小柚子宛然成為阿娥的新閨蜜。

在莫莉父親方面，小柚子也幫志遠挑選讓他看來更英挺的裝束，還帶他去熟識的髮廊剪髮，跟設計師討論適合他的髮型，又幫他燙襯衫、褲子，燙得直挺挺、有稜有角，整個人煥然一新，煞是好看。最噁心的是，莫莉不只一次諂媚的跟志遠說：「我雖不是您真正女兒，但我總覺得我好像您前世情人呦！」志遠每次總聽得笑呵呵，像極了淫蕩男人在酒店被年輕妹子逗得樂不可支的模樣。醫生我跟你說，雖不想這麼說，但我想，她的這些撩人技巧大概是跟玉卿學來的吧。

莫莉還發現，自從小柚子來後，父母出國機率跟天數好像少了點，大概就是為跟小柚子多相處吧。阿娥甚至在客廳擺上自己與小柚子的合照相框。那是在飄著紛紛揚揚小雪的合歡山上，她親密環抱小柚子的模樣，背景是一整排的雪花樹。兩人都戴著摩登墨鏡和大大的金色耳環，臉上掛著甜蜜淺笑，且打扮時尚，好看極了。莫莉記得一回客人來訪，對方不但以為阿娥和小柚子是母女，還直誇照片中的小柚子跟阿娥很像。阿娥聞言，簡直欣喜若狂，因為醫生你知道的，小柚子美若天仙。

但坦白而言，在外貌上來說，阿娥跟小柚子根本不是同層次的，完全不能比。這倒不是說阿娥醜喔，而是小柚子實在是超塵脫俗的美麗。

這麼說，醫生你大概會以為莫莉會生氣吧？是我的話，會生氣，還會火冒三丈吧！大概會覺得小柚子是不是想搶走自己的一切？我想這世界的多數人也都會。但我們的莫莉卻不會；事實上，莫莉是個超善良的人，她氣度很廣，一點也不介意。

她還說：「其實我也很開心小柚子能融入我們，畢竟她以前太辛苦了，而且從她來以後，我父母就不再煩我，我變得輕鬆自在。妳們說，我還能抱怨嗎？」

莫莉的這番話讓我好像能理解，父母的愛若太多，好像也很有窒息感吧？但其他人都不能理解，尤其盈盈，都忍不住張大眼睛跟莫莉說：「妳未免也太大方了吧！」

5.玉卿死了耶

阿惠

對了，醫生你知道後來玉卿發生什麼事嗎？

發問者：死了？

嗯，沒錯，死了。

其實在玉卿死後，小柚子祖母曾跟阿娥聯絡，想跟她討論有關小柚子未來的事。當時小柚子不知怎的提前得知，在她祖母來訪前夕，就哭著拜託莫莉父母，千萬不能拋棄她，她不想跟祖母也不想跟叔叔住，甚至跪著求阿娥，並哭得唏哩嘩啦的，哭著求她不要放棄自己，還說什麼自己願意做牛做馬，只求能待在莫莉家類似的連續劇台詞。

醫生你知道，一向視小柚子為己出、且如此深愛小柚子的阿娥當然不忍拒絕。而且小柚子的外貌與母親極為相似，每每看著小柚子的臉，阿娥便為年輕早逝的摯友心疼。她希望自己能替玉卿多做些什麼。

另一方面，小柚子祖母也未有接回小柚子的打算。小柚子叔叔有三個孩子，經濟上已捉襟見肘。而小柚子嬸嬸過往就非常討厭小柚子母女，原因有二；其一是，她忌妒死了玉卿與小柚子的美貌；她本身長相令人匪夷所思，一張又扁又大活像翻車魚的大臉，小小的雙眼底下，又各有一顆大痣，嘴唇不但過厚，且呈現怪異淡紫色，確然像個不該存在於地球的生物，而她的三個小孩的外貌也幾乎跟她如出一轍。醫生你想想，一家人全長得像外星人，是件多有趣的事。但她婚也結了，孩子也生了，其實早已放棄外貌；痛恨她們的主因，還是擔心她們要求分家產，都是為了錢哦。所以才拚死拚活，想方設法把小柚子母女給趕出去。她當時跟小柚子祖母下最後通牒，說：「不是她們走，就是我們搬出去！」小柚子祖母非常恐懼變獨居老人，害怕自己死了無人知，而被老鼠啃咬，她尤其害怕自己雙眼被啃掉，到那個地方若看不見該怎麼辦呢？又害怕死後沒人拜，那可丟死人了……所以當初在小柚子嬸嬸的脅迫下，她迫不得已，才請小柚子母女搬離。對小柚子嬸嬸來說，好不容易才擺脫她們，現怎可能讓那個小賤貨回來呢？所以小柚子祖母是來拜託阿娥照顧她小孫女的。

小柚子早猜到祖母心思，她在阿娥面前的崩潰全是假裝的。

莫莉曾說，玉卿是病死的。醫生你知道，玉卿之所以把小柚子送去莫莉家，最主要是因她病了。不過在病前，她沉浸在愛情的喜樂裡。她在上班的地方，認識了一個日本男人。那日本男人雖上了年紀但容貌俊朗，還是電子零件大商社層峰，也非常疼玉卿，結識不久後便跟玉卿求婚，並打算把小柚子母女一起帶回日本生活。原本早已放棄人生的玉卿，那段時間一度找回人生希望，內心的那個賴以為生的存在彷彿又重生或再次啟動了，只可惜後來生了病，還是十分嚴重的惡疾。在日本男人建議下，準備先到日本專心醫病，待病況好轉後再帶小柚子到日本。這也是她將小柚子暫托阿娥的原因。沒料到抵日本後，她病況急轉直下，就連死前也來不及打一通電話給小柚子。

阿娥接獲玉卿病歿消息那天，把小柚子帶到小房間溝通。莫莉說，小柚子入房後不久，她在房外聽到小柚子極其淒厲的尖叫聲，後來是大哭聲，哭得傷心欲絕。莫莉也聽見母親哭聲。兩人哭聲忽大忽小，莫莉覺得她們像在比賽，又像在演奏什麼協奏曲似的。大概過半小時，小柚子紅著一雙眼跑出來，一邊哭一邊直往她們房間跑去。後來阿娥出來，一面用手帕擦淚，一面告訴莫莉這件事，並希望她能幫忙安慰小柚子。莫莉點點頭。

不過她問媽媽：「我要怎麼安慰呢？」

阿娥說：「我想妳能做的不多，不過妳是小柚子的好朋友，也許就先在她身邊陪伴她就好吧。」

莫莉又點頭，然後往她們房間方向走去。內心不斷盤算著，該怎麼安慰小柚子啊？她努力設身處地的想，若自己母親死亡，她想聽到什麼樣的話？但她忽然覺得，若母親死去的話，自己好像什麼安慰也不需要。她又想到自己曾死過一隻狗，但拿狗跟母親比較，是不是有點過分啊？過分是因為，她覺得狗死掉的這件事，好像比母親死掉還嚴重……

她一進房間，發現小柚子躺在床鋪上，並以棉被蓋頭，不斷顫抖著。她來到小柚子身邊，坐在她棉被邊上，抱起膝蓋，看著她。莫莉好像聽見啜泣聲，她覺得小柚子可能正吞聲哭泣著。

莫莉摸著頭子，努力搜腸刮肚，好不容易才擠出一句話：「姐姐，妳還好嗎？」

但小柚子依然顫顫巍巍的發出啜泣聲。

莫莉深吸一口氣，說：「我剛才得知妳母親的事了，我很遺憾，但妳不用擔心，妳依然有我們啊，我們是妳的家人，姐姐別擔心。」

小柚子這時把棉被拿下，莫莉嚇了一跳。

媽呀，小柚子原來不是在哭。她竟嘻嘻笑著。

「莫莉，阿姨說要帶我去日本把我媽媽接回來耶，」小柚子極其興奮的說，「我可去日本了，我還沒有坐過飛機耶，我好開心。坐飛機是什麼樣的感覺呀？莫莉也會一起去吧？莫莉也要一起去喔？好嗎？」

莫莉當時確實吃驚，心想：「小柚子是不是傷心過度腦袋壞啦？」不過看她臉上的雀躍表情，她覺得那是發自內心的喜樂。

「莫莉也要一起去喔？好嗎？一起去嘛？……」小柚子露出期待微笑不斷問。莫莉也只好點頭。

當莫莉述說這事時，我們都覺得小柚子好奇怪，根本是神經病。但莫莉卻說，她應只是打擊太大，才有這種可怕反差。但我們覺得小柚子根本是冷血，毫不為母親的死傷心。

醫生你應該也這麼覺得吧？小柚子很怪吧？……

6. 美里口中的小柚子

美里

其昔呃……在一開始……我們金的……不會討厭小柚己姐姐的，甚記我……很喜歡小柚己姐姐，我想，這系界上大概……很少有人會不喜歡……小柚己姐姐，她就系那種……「若她把你當成……朋友時，你會覺得……記己無比幸運」的人喔。

不過……在第一次看到小柚己姐姐時，我其昔有點……害怕。因小柚子的外型跟我們不一樣。她頭髮有……挑染喔，像……壞學生一樣的……黃黃的頭髮，而解脖己後面……還有刺青，看來就像……日本電視計裡……的不良少女。但系……很奇怪的是，她說話習，非常客氣喔，甚至跟我一樣會……害羞，計少……在我們認識……初期時……是這樣子，而且當她穿起計服、綁己馬尾時，又像電夕上那種很……會讀書的……人一樣，就像……模範美少女。不過這麼說……也很奇怪，小柚己姐姐本來就……很會讀書，至少……比我們……都好很多……

嘻嘻！

7. 我們去千葉把玉卿接回來

盈盈

接下來還是換我說吧，美里那傢伙講話期期艾艾的，又很容易離題，有時候就連我也搞不懂她到底在想什麼……

前面說到，她們將赴日本把玉卿帶回來的事嘛。反正小柚子興奮不已，在機場時，趁阿娥不注意之際，東拍拍西拍拍，一下拿護照跟登機證自拍，一下又拍飛機，一下又拍登機門，玩得不亦樂乎。當飛機騰空時，略微緊張的小柚子緊抓著莫莉的手，忍不住哼哼唧唧，但一會後，她便冷靜下來，極其興奮的看著機窗外，說：「房子、車子都變得好小喔，好好玩……哇，是海耶！」飛機穿越雲層後，她看著機窗下的滾浪雲層時，又不斷驚呼，說自己好想跟莫莉一起在雲端上做點事，如漫步、跳舞、野餐啦，又或者什麼都不做，「就躺在雲端上談心吧！」說完她笑了起來，那笑容是那麼的純然，那麼的快樂，那麼的超然無事，讓莫莉幾乎以為她是去跟久未謀面的媽媽會面，而不是去領她的骨灰一樣。在空姐送來餐點後，她又直誇日航的餐點真好吃，空姐極漂亮等等。尤其在她們抵達日本後，她完全就是個初來日本的觀光客，還雙腳跺地、狂吸空氣，跟莫莉說：「日本空氣跟土地真的不一樣耶！」真是個土包子。

玉卿已被燒成一抔骨灰，裝在一個白色骨灰罈裡，上面有極美的淡色玫瑰花跟蝴蝶，約有六隻，顏色、形狀，大小都不同，彷彿象徵著不同時期的玉卿。小柚子一見骨灰罈，雙膝直接落地，眼淚沿著雙頰撲簌而下。阿娥見狀，心頭一震，打算把小柚子給扶起。但影后小柚子當然不能這時起身啊，她不但不讓阿娥把自己扶起，甚至開始磕頭，聲音響得像敲鐘。阿娥摸著胸口，難以自禁的淚水漣漣，感到既難過又羨慕。她覺得自己若有小柚子這般孝順的女兒，恍若死了也值得。小柚子這檔戲演了有夠久，大家都感到不耐，該日本男子甚至抽起菸來。總算演完後，該日本男子陪同她們完成手續。結束時已近中午，他們一行人到了勝浦海港，走上極寬的石板，來到一間高級海景餐廳吃飯。當時天氣好極了，陽光碎成一片片，散落在沙灘上；湛藍海水如寶礦力水得的瓶身一樣藍，而空氣裡有種新鮮海洋的味道，彷彿魚都可在空氣中游泳一樣。美景讓眾人都心曠神怡，但小柚子這時卻跟阿娥說，因著母親的死，不管再美麗的風景或氛圍，對她而言，都像蒙上一層沙，不再美麗了。阿娘喂，若我在現場，可能已吐出來了。

然而只要不在阿娥眼力所及之處，小柚子就變了一個人。她覺得什麼都很新鮮，又是東瞧瞧西看看，什麼都看不膩，此外，她覺得日本食物有夠好吃啦，拉麵啦、壽司啦、可樂餅啦，鰻魚飯啦，吃了一碗又一碗的生魚蓋飯，還有那個生海膽啊，她覺得好吃到舌頭上每一根味蕾都快開花。但伶變的她知道自己不能在阿娥面前表現出興奮的樣子，因此在後續旅程中，也會穿插一些戲碼，例如忽叫喊個幾聲令人心碎的「媽媽」，或流露出幾滴眼淚。

阿娥見狀，連忙安慰她，還說了些什麼「人死不是消失，只是到了另一個世界。在那裡，她母親將用另一種形式保護著她」之類的話。小柚子聞言，雙眼噙著淚水，跟阿娥道謝。

後來在返台前，阿娥為安慰小柚子，買一個名牌包給她，當然她自己也買了一個。莫莉對包包沒興趣，小柚子嘴巴說不要，嘴卻笑得差點裂開。對比躺在舊包包裡，那才剛死去的玉卿的骨灰甕，我都不禁打了個冷顫。

8. 大家都愛的勇哥

發問者：談了那麼久，似乎還有一個關鍵人物還沒談到？

小潔：你講勇兄？

（發問者點點頭）

發問者：我想前面關於妳們與小柚子的背景，我已大致理解，也與我手上資料吻合，我們現在來談談阿勇吧。

小潔：勇兄的出現是在……莫莉偲去日本共玉卿骨灰帶回後免偌久的事吧？

（盈盈點點頭）

（阿惠這時點點頭）

阿惠：對，在她們去日本把玉卿帶回來後不久。好像是星期六早上吧！一個神祕訪客來訪。他是一個約二十多歲的男生，留著西裝頭，兩頰及後面頭髮推得很高，皮膚偏白，長相俊美，身高約一百八十公分。他當時與莫莉父母一起走進客廳。身穿白襯衫的他，臉上帶著渾然天成的友善微笑，雙手插在寬鬆長褲的口袋裡，舉止文雅，就像鄰家哥哥。莫莉見對方是個可愛的大男生時，立刻害羞起來。阿娥接著向她們介紹起那男孩。兩人都很意外，原來他是莫莉父母請來的家教志勇，也就是我們的勇哥。

醫生你也知道，我們不久後將面臨大學考試，但莫莉成績一直沒起色，莫莉父母擔心不已，於是找來勇哥替兩人加強課業。

當天眾人寒暄一陣後，志遠說，他想先好好招待她們未來的老師，現在大家去吃飯吧。他知道一間很好的餐廳。五人坐上志遠的福斯汽車，前往新庄子靠近海邊的「邊界驛站」。志遠說，該餐廳的老闆是道地的德州人，餐點一級棒。他已在該餐廳招待他們國外客戶無數次，從未有客戶不盛讚的。

抵達後，服務員直呼其名跟志遠打招呼。志遠為大家點餐，他知道那裡最好的招牌菜。一會後，餐點陸續上桌，前菜是炸洋蔥圈跟牛肉湯，比臉還大的牛排上桌時，勇哥一臉意外。稍頃，大家拿起刀叉奮鬥著，發出喀嚓喀嚓的聲響，使勁的模樣像是二次屠殺那頭牛。咀嚼聲連連不斷，期間志遠大概介紹莫莉與小柚子的課業情況。認真的勇哥一面聽，一面筆記，因此大抵知道兩人之中小柚子成績較好——事實上好太多了，兩人實力根本相去懸殊。志遠甚至單刀直入的說，莫莉的數學從未跨過及格門檻，希望志勇多協助。勇哥微笑應允。之後也談了自己，包括自己是台灣大學心理系研究生，大學時連拿四年書卷獎，但目前是研究所第三年，延畢是因論文難產。喝了點紅酒的他嘆了口氣，苦惱的說，他到目前還找不到合適的試驗對象呢。

後來他們決議，自那天隔週二開始，勇哥每二四六替她們課輔，下午六點到九點，重點加強莫莉最弱的數學。

盈盈：當晚臨睡前，莫莉躺在小柚子床鋪上。剛洗完澡的小柚子裸身坐在鏡子前吹頭髮，房間都是洗髮精的味道。莫莉說，小柚子經常在她面前裸體，而她卻不太敢在她面前袒露。莫莉說，大概是因小柚子對自己身材非常有自信吧。她身材美得如歐洲美術館裡的大理石女人雕像，稍有些肉感，但絲毫無贅肉，是很性感的那種肉感哦。皮膚白得彷彿塗上一層鮮奶一樣，且胸部大得不得了哦，大概有E吧，好像兩顆小玉西瓜一樣，還有完美的粉紅乳暈呢。相比之下，只有B罩杯、又有大小乳問題，且乳暈大又黑的莫莉常感到自卑。

趴在床上、雙腳曲起的莫莉無心翻著手上雜誌，抬起頭，談起勇哥。

「姐姐，妳覺得老師，應該說勇哥這人怎麼樣？」

「怎麼樣？」小柚子吹著頭髮說，「不就是老師嗎？」

「妳不覺得他不像老師嗎？」莫莉說，「我的意思是，他好像大哥哥，一點也沒有老師的氣息耶。」

「他本來就不是真的老師啊，他只是一個研究生，而且還延畢呢！我也不在意他有沒有老師氣息，延畢也可假裝他真是創作力不足，只要教得好就好了。我想他既然讀台大，又能得書卷獎，應不會差。妳也知道，我們就快考試了，現在我們得心無旁騖，專心讀書。」

「這麼說也對，」莫莉低聲自言自語道，「不過他簡直帥到不能當老師吧，長得那麼帥誰能專心上課呀……」

「妳說什麼？」小柚子問，口氣略帶犀利。

「沒什麼。」莫莉說。

「而且坦白說，我覺得勇哥帥是帥，但流裡流氣的，我不是很喜歡耶，甚至有點討厭呢。」小柚子說。

「會嗎？」莫莉不解的問。

「會啊。」小柚子肯定的說。

坦白說，莫莉第一眼就對勇哥產生好感，那也是可理解的事。醫生你知道，勇哥長得真的很帥哦，小白臉，一雙濃眉電眼，身材修長，說起話來溫文儒雅，但又不會娘氣，很紳士的，此外，腦袋又極好，飽讀詩書，如古代書生返回現代一樣。

莫莉曾這麼形容：「他模樣酷肖尚未劣化前的李奧納多。」由此，醫生你大概可想像我們勇哥有多帥了吧。

9. 美里死去的妹妹

阿惠：在勇哥替她們上課後的第一個週日，我們來到粉紅小屋。當天是美里妹妹的忌日，我們買了一個草莓蛋糕和一些糖果，打算紀念她。說到美里妹妹，我們得解釋一下。醫生你知道，美里以前有個同父異母的妹妹，在六歲左右淹死在一個鯉魚池裡。當時好像是因她的洋娃娃莉莉掉入了池塘，而美里妹妹為拾撿而跳入水池，最後不慎淹死。因美里就在現場，不過當時她也未滿十歲，當然也救不了妹妹，美里到現在依然常感自責。我們一直試圖讓美里理解那不是她的錯，但她卻一直走不出來，個性才變得那麼「神奇」吧。總而言之，替美里妹妹慶生已是我們粉紅小屋的一個慣例。醫生你知道，我們覺得人就算死了也有資格過生日。另一方面，或許是有點補償心態吧！當然這部分是對美里而言。

往年在美里妹妹生日當天，我們會買一套新衣送給美里妹妹，其實是送給洋娃娃莉莉啦，不過對我們而言，洋娃娃莉莉早已是美里妹妹了。不僅如此，我們還會幫洋娃娃洗澡——當然身體部分只是乾洗，但頭髮可是真洗喔——然後幫她吹髮，並換上新衣，讓她妹妹宛如重生一般。此外，在她生日當天，我們還會在洋娃娃臉上貼上美里妹妹的照片，那意義像一種重生，不過一年也才活那麼一天，還是很淒慘就是。但因當天我們選到的美里妹妹的照片上並無笑容，我們於是用口紅替在照片上的美里妹妹畫上燦爛笑容，不過卻稍稍走樣，以致美里妹妹看來竟像死掉的小丑一樣。

但那天莫莉興奮不已，嘴裡絮絮不止的說著勇哥有多迷人，若我們打斷，她還會動氣呢。美里妹妹生日會於是失去原有重點，當天簡直成了「勇哥後援會」。

情人眼裡出西施的莫莉，說勇哥可能比柯南裡的阿笠博士還聰明——很抱歉我們都是柯南迷，所以提了一下裡面的角色——儘管她永遠聽不懂他講解的數學，還是不得不承認數學在被勇哥講解後，那些數字、方程式和代數等，隱然開始跳起舞。儘管舞步複雜，她覺得自己永遠也不會懂，但她至少可開始理解數字的美。此外，也許是因勇哥是心理系的關係，她覺得勇哥的每一句話都像剛從保溫瓶裡倒出來一樣，很有溫度，令莫莉心裡暖融融的。

後來莫莉拿出一大疊勇哥照片，那是她用拍攝模式，偷偷錄下勇哥上課的模樣，然後精心、以停格狀態挑出勇哥最帥的模樣，再印出來的。她一張張拿出來，熟極而流的介紹，像在介紹自己心愛玩具一樣：有微笑的勇哥，有說話的勇哥，有思考的勇哥，也有皺眉的勇哥，還有故意裝生氣的勇哥，儘管表情不一，但可知道的是，每張都很帥。

之後莫莉要我們幫忙把勇哥照片貼在粉紅小屋的牆內，貼得滿滿的。從那天開始，我們粉紅小屋就猶如勇哥展示間一樣。

盈盈：當天稍晚，我們就進行招魂儀式。醫生你知道，我們會把美里妹妹招回來，跟我們一得到聖筊為止。

起同樂。嗯，聽來有點可怕，不過沒那麼可怕啦。反正我們會拿一副古老的貝殼筊，擲出，直到

發問者：美里妹妹真的會回來嗎？

盈盈：我也不知道耶，我道行還不夠深。不過，我認為應會吧。醫生你知道，當美里妹妹回來時，我們都有感應哦。通常我們會看見莉莉照片上的美里妹妹笑得更開心，更劇烈。在那時候，我們就知道，美里妹妹回來了。

發問者：回來之後呢？……

盈盈：沒什麼啊。醫生你不要把這想成什麼怪力亂神好嗎？她就回來附身在莉莉身上，跟我們一起慶祝。不會像好萊塢電影一樣，忽然活了過來，像真人一樣可動好嗎？……醫生你以為莉莉是「鬼娃恰吉」還是「安娜貝爾」哦？你不要把我們的儀式想得那麼蠢，我們是正常人啦。因為很重要，要說三次：正常人、正常人、正常人！

阿惠：根本是妳強迫症又發作了吧！我們本就是正常人啊，幹嘛強調。

（發問者忍俊不禁，但隨即又端正姿態）

盈盈：妳說的也沒錯啦，太強調自己正常，反而有此地無銀的反效果。

阿惠：就是啊。

小潔：恁娘咧，莫擱討論這些小事好嗎？

（盈盈這時點點頭）

盈盈：當天，我們擲得聖筊後，便在同一瞬間內，感到一陣酥麻，後來果然在莉莉臉上的美里妹妹照片上，看見更劇烈的笑容，我們於是確認美・里・妹・妹・回・來・了。美里見狀，嘻嘻兩聲後，便親了一下莉莉臉頰。通常我們在美里妹妹回來後，會替她唱生日快樂歌、切蛋糕，再由美里抱著身穿新衣的莉莉跳一支舞的。但當天莫莉就一副急煎煎的樣子，嘴巴一直念，要我替她算塔羅。她想知道自己與勇哥的未來。

我從抽屜拿出一個白色盒子，再把裡頭東西取出。再點燃一根粉紅色香精蠟燭，讓她以及大家放鬆一點。然後在桌上鋪上藍黑色桌巾，再把塔羅牌置於其上。最後我請莫莉誠心發問。

她深吸幾口氣後，問：「我想要知道，自己跟勇哥在愛情上面的可能性。」

我點點頭，在洗、切牌後，我請莫莉抽出四張牌，再將其擺為倒T字型的戀愛陣。

她抽出的牌依序是：女祭司正位、愚者正位、命運之輪正位，以及正義正位。我先在腦袋裡沙盤推演後，開始替莫莉解牌。

「從這牌意來看，妳已對勇哥產生愛意，而勇哥則對妳充滿好奇，他覺得妳是很有趣的人。此外，未來你們兩人之間是有可能的，只不過會有一些障礙，所以須經過一番努力。」

「前半段真準！」莫莉聽了狂點頭，接著又問：「不過障礙……那障礙會是什麼呢？」

「塔羅牌沒辦法指出明確事物的。」我說，「通常只是一種引導，像一座遠方燈塔。」

莫莉又點點頭，說：「但通常，愛情也需經過一番努力，就算有障礙，只要我們努力，我跟勇哥一定有機會的，對吧？」

「塔羅牌並未否決妳跟勇哥的機會啊。」我說。

「嗯……」莫莉以食指敲著下巴深思。過了一會，又說：「我想再問一個問題，好嗎？」

我把塔羅牌重新疊好，說：「請發問。」

她又問，「我想知道，勇哥現在有沒有女朋友或喜歡的人呢？」

我想了想後，從塔羅牌裡抽出六張，橫向攞上桌，再拿出一個骰子，請莫莉甩。莫莉甩出三。我翻開從左邊數過來的第三張牌，結果是惡魔牌。

莫莉一看到惡魔，感到擔心，一直追問我那是什麼意思。但我沉思半天，只吐出「我也不知道」。我當時沒勇氣把塔羅牌的真相告訴莫莉。

小潔：抵塔羅牌占卜結束後，莫莉猶是不斷談著勇兄，人發花癡時，就像精神病上身同款，簡直沒完沒了。結果那天美里妹妹強強被忽略。可憐的小丑娃娃只好坐抵角落，聽著陷落愛情的莫莉詬詬唸著勇哥的代誌。不過，那是莫莉第一次愛著一個人，是莫莉的處女春天，阮當姊妹的，似乎也沒道理反對就是。只不過後來當阮打算切雞卵糕時，莉莉面上的美里妹妹照片的笑容已恢復原本模樣……那代表，伊已經離開了，可能感覺太無聊了吧。

美里：我可……憐的妹妹……

10. 佛洛伊德真費解

盈盈

因勇哥的關係，莫莉也對心理學產生興趣，逼著我們跟她一起研究佛洛伊德。有個週末，我們跑到圖書館，借了許多有關佛洛伊德的書，並約定每週三晚上六點，在粉紅小屋裡舉行「佛洛伊德讀書會」。

會議當然由阿惠主持，畢竟她最聰明，以前就讀過佛洛伊德的一些書，如《夢的解析》、《精神分析論》等，那些東西讀來饒有興趣，只是多少讓人質疑可信度，很多內容都好像文學小說裡才會看見的題材，例如什麼小孩對父母產生忌妒感，甚至不惜殺父親的「伊底帕斯情結啦」，人完全是由性主導啦，還有那個什麼性驅力「里比多」——聽來像火影忍者的查克拉有沒有？——等諸如此類的。後來我曾在網路看到，佛洛伊德曾說「宗教其實是精神官能症」，也就是集體性的強迫症，這對我而言，像當頭棒喝。呃……我雖相信這世界是由「真實」主導，但我總覺得世界裡還有更多變數啦，例如我所相信的神祕世界等，但在佛洛伊德的世界裡，好像人類所有一切最後都得追溯到自己本身，或更具體的來說，追溯到有關「性」的部分。但人，應說我們的性，真有那麼重要嗎？

莫莉說自己打算仔細研讀佛洛伊德，以後就能追隨勇哥腳步，讀臨床心理研究所。只是沒想到，那些書比我們想像中艱澀難懂，滿目聞所未聞的專有名詞，我們大概只能讀懂三分之一，或者四分之一，甚至五分之一……甚至，我們好像也不懂我們在讀什麼。

後來一個週三，我們讀著讀著，忽聽見有人敲門。我們嚇了一跳，畢竟關於我們粉紅小屋的事，一直是個祕密，就連小柚子也不知曉。門外又傳來輕輕呼喚聲。

「好像是小柚子的聲音。」莫莉轉身跟我們說。

醫生你知道，我們當時都很吃驚，畢竟在那時，我們尚未跟小柚子正式碰過面。當然她知道我們，畢竟莫莉已在她面前多次提過我們，也當然我們見過她，但只在遠處看過她而已。

莫莉把門打開，僅探頭出去，又轉頭跟我們說：「確實是小柚子耶。」接著把門推開。我們看見小柚子站在外頭，手上拿著一個白色購物袋。她一見莫莉，便露出笑容，坦白說那笑容美得好像有了生命有了力量，使得她的整個存在都在發光，熠熠四溢。小柚子用輕柔、宛如唱歌的聲調說：「莫莉，原來妳在這裡，我好無聊喔，我們一起玩好嗎？」

「姐姐，妳怎麼會知道我在這裡？」莫莉問。

「我剛剛去7-11時，恰好看見妳走下竹林大橋，所以就跟著來了。」小柚子說，「我可以進去嗎？」

莫莉說：「當然可以啊，但妳等我一下好嗎？」說完，她把門關上，叫我們趕緊把牆上的勇哥照片取下。

醫生你也知道，把心愛的人的照片貼滿於一個小房間內，是很嚇人的，好像美國電影或影集裡常出現的心理變態狂之類的。我們可不是變態，我們可是很正常的。對不對？對不對？對不對？

發問者：妳問我？

當然啊，不然還能問誰？

發問者：嗯，我當然知道妳們很正常。若非如此，我就不會坐在這裡了。妳別忘了，我來這裡，是打算幫助妳們和莫莉的。

嗯，我沒忘。好啦，我繼續說。

我們把勇哥照片取下後，夾在桌墊下，避免讓小柚子看見。

莫莉於是把門打開。

小柚子往小屋裡頭探視，說：「妳一個人在這幹嘛？」

莫莉轉身，跟我們說：「妳們不用躲起來呀，小柚子又不會咬人。」我們才從桌底下爬出來。接著，莫莉露出笑容，跟小柚子說：「她們是美里、小潔、盈盈和阿惠。姐姐，她們就是我經常跟妳提到的好朋友，我之前就很想很想跟妳們介紹彼此了，但她們很害羞，所以一直延遲。雖有點突然，但現在認識也不錯，我們當然歡迎姐姐，請進來吧！」

小柚子忽然露出為難表情。
「怎麼了？」莫莉問。
「沒事，我在想我的啤酒夠不夠喝呢。」小柚子說。
「啤酒？」莫莉訝異道。
「對呀，以前我在台北時，考完期中考後，都會喝點啤酒慶祝一下的。」小柚子說，「莫莉不反對吧？」
莫莉搖搖頭。小柚子提起手上的白色袋子，點了一下袋中啤酒，抬起頭：「好險還夠呢。」
小柚子走進粉紅小屋裡。「哇，這裡好舒服喔，粉紅色的床，粉紅色的牆壁，粉紅色的小桌子，就連咖啡壺也是粉紅色的耶，好棒的地方！莫莉，這一切都是妳自己裝飾的嗎？」
「其實是我們大家一起弄的。」莫莉說。
我們幾人這時圍坐上粉紅色小桌，把腳伸進桌下，就像日本暖爐桌一樣，然後把雙手整齊放在桌上，稍斜著頭，露出一致微笑歡迎小柚子。
但她這時依然站著看著我們，臉上表情很難定義，像看到鬼，又像看到一群穿人類衣服的動物一樣。我們也感到困惑。她這表情持續好久好久，之後才忽然像解開一道很難的數學題目般，露出略帶勉力感的微笑，跟我們一樣圍坐在粉紅小桌前。
這時她拿出一瓶啤酒，打開，喝下一口。她喝下啤酒時，好像喝下什麼人間佳釀一樣，看來很好喝。小柚子也把啤酒分給我們。我們稍微遲疑，但在莫莉眼神期待下，我們都喝下啤酒。不過很苦、很澀，我不懂為何小柚子愛喝。

小柚子看到我們桌上的佛洛依德的書，驚奇的問：「妳們在讀佛洛伊德？對心理學有興趣啊？跟勇哥一樣？」

當小柚子這麼說時，我們都閉口不言。

「妳們打算讀心理系？」小柚子又問。

「目前只有我，我覺得很有趣。」莫莉說。

「是受勇哥的影響嗎？要考勇哥的台大心理系嗎？」

「這我不知道耶。」莫莉說，「台大太優異，我考不上，姐姐比較有機會吧？」

「別這麼說。」小柚子說，「只要努力，一定有機會。」

小柚子接連喝了幾口啤酒，臉上逐漸露出紅暈，說：「其實除了莫莉以外，我跟妳們都不熟，我們來玩真心話大冒險好嗎？讓我們大家互相了解了解！」未等我們回應，她一口氣把啤酒喝完，將酒瓶擺上桌。

小柚子轉了第一次，轉中小潔。小柚子帶領著我們齊聲喊：「真心話還是大冒險！」結果小潔選擇大冒險，並按照小柚子指令，喝下一整瓶啤酒。接著換小潔轉，她轉到我。我選擇真心話。小潔做了一個很心機的表情，問我：「妳是不是討厭小柚子？」小柚子聽罷縱聲大笑，喝了一口啤酒後，親了我一下說：「要說好話呦！」

我先點點頭又搖搖頭，說：「曾經討厭過，因為小柚子太漂亮了，但後來不討厭了，因為莫莉的朋友就是我的朋友。」小柚子舉起酒瓶，喊聲「讚」，又說：「我喜歡這個答案！」

後來換我轉，我一不小心將酒瓶轉到角落去。小柚子起身去撿，卻不慎撞到桌子，夾在桌墊下的勇哥照片就這樣嘩啦嘩啦的掉了出來。

小柚子撿起一張，眉頭皺了起來，再看著滿地的勇哥照片，說：「是誰這麼迷戀勇哥啊？」

阿惠笑著說：「我們之中有人是勇哥的超級粉絲，妳不知道嗎？」

小柚子看著莫莉說：「我覺得我猜得出來。」

莫莉這時看著小柚子，感覺自己手心都滲出汗來。

小柚子忽斂容，不容分說的表示：「不過現在談戀愛不好吧？再過一年就要考試了，若分心談戀愛，太浪費時間了。」

「這又不是她會使控制的。」小潔不以為意。

「而且勇哥應早有女朋友了吧？」小柚子說。

「姐姐怎麼知道？」莫莉緊張的問。

「猜的。」小柚子說。

後來一次，小柚子恰好回彰化找祖母，說什麼祖母生病，回彰化探望她啦。搞不好根本只是去彰化鬼混。勇哥於是單獨替莫莉輔導。趁著那次機會，莫莉打算把我們介紹給勇哥，於是建議他轉移上課地點。

莫莉當天就帶著勇哥從莫莉房間的「祕密窗戶」爬出——那是我們進出莫莉房間的一個神祕窗戶，只有我們知道的窗戶——到粉紅小屋去。

那天陰雨濛濛，稍有涼意。小屋外爬有很多蛞蝓、蟾蜍等黏答答的恐怖生物，一不小心踩上，可會摔個仰面朝天，若再加上低沉沉的音樂和一些嚇人音效，大概就是恐怖片場景了。不過一進入粉紅小屋，頓時就剩幸福感了，而且我們買了很多關東煮、燒仙草等熱食，讓粉紅小屋頓時暖洋洋，好舒服哦。當然我們也沒忘記啤酒，那是我們替勇哥準備的。雖然我們也不清楚他是否喜歡啤酒。但小潔說：「這世界無查埔是不愛麥仔酒的！」

我們第一次見到勇哥時，神氣不凡的他非常客氣。坦白說他看到我們時略略訝異，那是因莫莉先前未跟勇哥提過我們，而我們就這麼出現在他面前，任誰都會感到意外的。不過他很快就露出那迷人、討人厭的笑容。一看到那笑容，我們立刻理解莫莉迷戀他的原因。

勇哥是個溫暖的人，一開始便說想認識我們，並要我們逐一自我介紹。先從小潔開始。她說呢，自己個性豪爽，但很討厭別人說自己像男生，她純粹是個性豪邁的女生，且覺得自己是我們之中的領導者，但缺點是脾氣不好，而且很衝動，但至少秉性耿直。接著是我，我說我個性中規中矩，很合群，也算外向，而且對神祕學很有興趣，因為我是個天生的巫師嘛，缺點的話，嗯，偶爾會有強迫症，有時喜歡重複講一句話三次。再來是美里，她說自己很膽小，也很神經質，而且又沒自信，她這麼說時，我們都笑了，她的確是膽小、害羞，但當然她優點也很多，例如她是我們之中最討喜、最善良，最保有赤子之心的人，只不過有點過分悲觀就是。再來則是阿惠，她說自己是know it all的智多星，她平常喜歡看書，什麼書都看哦，所以自覺聰明，不過說到底，阿惠確實聰明，一點也不過甚其詞哦，只不過她的聰明多數是在無用知識上，而台灣考試無法辨別她的聰明，才跟我們一樣讀竹東高中。最後則是莫莉，她則說她也難以說清自己，可能太平凡了，但或許是個友善的人吧。莫莉說的一點也沒錯，她不僅友善，也是我們所見過最溫暖，最體貼的人哦。

我們自介後，勇哥又問了我們很多事，我們都挨次回答。也許是讀心理系的關係，他對我們內心很感興趣。後來還拿了一些看來像考卷的東西，我們以為勇哥要考我們，還嚇了一跳。後來才知道，原來是MMPI心理測驗。他說那僅供他研究使用而已。

那些題目都很簡單，或許不該說題目，大概像一種問卷，我們很快就做完了。我們做答期間，勇哥感到無聊，於是打開啤酒，咕嘟咕嘟喝下幾口，臉驀然脹紅，看來非常可愛。

我們把寫完的卷子交給勇哥後，阿惠說：「我們都把自己說完了，也把題目做完了，那麼也該換勇哥說說自己吧？」

勇哥用手背把嘴邊啤酒泡泡抹去，說自己從小就是一個很敏感的人，也許敏感正是他讀心理系的原因吧。他覺得人的心理很有趣，像海一樣深不可測且瞬息萬變，還跟我們提到佛洛伊德的人格結構，也就是那個什麼「本我自我超我」的奇怪概念。

阿惠問：「所謂『本我自我超我』是指人格分裂嗎？」

勇哥說：「不是的，『本我』是指人的本能，『超我』則是被道德影響下的自己，而『自我』則是中間的過度人格，也是最接近正常人所表現出來的人格。至於『人格分裂』，應說解離性人格，則是一種病態的精神狀態。兩者是完全不一樣的概念。」

阿惠又問：「勇哥相信嗎？我指解離性人格？我讀過《二十四個比利》，我覺得那本書全是鬼扯，我不是指人格分裂的部分誇張，而是比利的每個人格未免也都太優異惹，應改名叫《二十四個超人比利》才對。」

勇哥漾出笑意，說：「我也讀過，我懂妳的意思。不過我是讀心理的，若說不信好像自砸招牌。但坦白而言，這診斷很困難，尤其在台灣，因多數人都認為人格分裂者是裝病的或被鬼上身吧。而且台灣這類病患少之又少，若能碰上，對心理學家而言，可謂三生有幸。若我能碰到且將之寫成論文，可能很快就畢業了，哈哈。論文真是很讓人苦惱呢！」勇哥說完又再喝一口啤酒，露出擔憂神情跟我們說，自己學分全都高分通過，卻被論文卡住，才延畢。

後來他又問我們對人格分裂的看法，除阿惠表示自己不信外，我們也都不表示意見，畢竟那些事太遙遠，跟我們沒關係，後來我們就停止討論了。

勇哥這時注意到美里一直抱著娃娃，也很少開口，於是問她，「美里的娃娃叫什麼名字呢？」但美里很害羞，我們於是幫她回答，就勢也跟勇哥解釋了美里妹妹的事。勇哥聽罷，語重心長的說：「這其實也是一種很好的情感轉移。」

接著勇哥又問我們其他人是否也有什麼特別之處。我說，「我是巫師，我祖母跟我說的。」

勇哥於是問我：「真認為自己是巫師嗎？」我則搖搖頭，說自己也不知道，但我跟勇哥說：「有時，我覺得自己好像真有神祕力量哦。」

「怎麼說呢？」勇哥問。

我跟勇哥說：「小時候，我跟一個叫『阿富』的鄰居男孩很要好。我們一樣大，常一起玩扮家家酒。他原本是很善良的男生哦，還很擅長織毛線，以前還織過一條小熊圍巾給我呢。可是他後來學壞了，不但開始抽菸，還跟一群壞學生交朋友，而且不再理我，彷彿跟我在一塊兒玩很丟臉似的。我很難過，因為阿富是我第一個喜歡的男生。有一次，我看到他在大樹下跟壞朋友抽菸，不知怎的，我就走過去跟他說抽菸不好，然後問他為何不理我、為何變壞，為何不再跟我一起玩扮家家酒等。阿富原本又裝作不認識我，我就大吼繼續問，甚至越吼越大聲。但他叫我滾。我不走，還跟他說，我會通靈，我要跟他過世媽媽說他變壞了。當然那只是胡說一氣的。他朋友就笑他，說他是媽寶，是娘娘腔。阿富為證明自己是壞小孩，就當他朋友面前打我耶，還吐我口水。氣得渾身哆嗦的我，就詛咒阿富會車禍、被車撞，結果隔天他真的出車禍，還斷一條腿。結果在那時，我就被同學們指脊梁骨，還被傳說是會詛咒人的女巫，後來一直都沒有朋友。嗯……那件事讓我覺得自己好像真有一些神祕力量，現在也不敢再亂詛咒人了。勇哥也相信這世界會有一些超乎現實的事嗎？」

勇哥聽聞後直呵呵笑。我問他笑什麼，他則跟我道歉，說：「我尊重妳所相信的，但身為一個心理系的學生，我想自己無法認同。」

這時，阿惠忽然說：「小潔是個愛說髒話的男人婆喔！」

「妳創啥按呢講我？無禮貌。」小潔忍不住回話。

阿惠說：「勇哥你看，我是不是說得很準？」惹得大家大笑不已。

莫莉這時拿出一張CD，那是勇哥最愛的基音樂團的精選輯〈The Best of Keane〉。她若無其事的將CD遞給勇哥，還一面跟我們介紹，勇哥可不是只會讀書跟研究心理哦，還是一個會彈琴，也會唱歌的才子，以前還在○○歌唱節目得過名次呢！

「這是妳要送給我的？」勇哥感到驚喜。

莫莉害羞的點點頭。

勇哥看了看CD，忽發出驚呼聲，說：「這是簽名版？」

莫莉又點點頭，說：「我在國外拍賣網站，找好久才找到的。」

「這恐怕很貴吧？」勇哥又問。

「還好，」莫莉說，「我覺得自己很開心能夠認識勇哥，而且因為勇哥的教導，我的功課進步不少，所以想送個禮物給勇哥，希望勇哥能夠笑納。」

「可是……」勇哥露出為難表情。

「若是個查埔人，就大方收落來吧！」小潔說。

「真的，太謝謝莫莉了……」勇哥說，並將手放在莫莉的手背上。莫莉這時內心活脫遭電擊一般。一緊張，竟將手抽離，但立刻懊悔不已。

「對不起。」勇哥說。

「沒關係。」莫莉說。

勇哥一面看著CD一面說，自己原本有歌手夢，但礙於現實，還是選擇讀書。但勇哥又說，他所謂的現實不是經濟方面，事實上他父母非常尊重他的想法，現實是指自己書讀得太好了，不讀可惜。

勇哥說完這些話，我們都笑了。

阿惠這時問：「勇哥覺得，到底讀書跟智商比較有關，還是跟努力比較有關呢？」

「雖然我功課不錯，」勇哥說，「但我不覺得自己算聰明的人。」

後來他跟我們談到讀書的事。他鄭重其事的說，讀書需有方法。隨即開始聊起背誦、理解的訣竅等諸如此類的事。但聊一會，我便失去聚焦，像在行將墜毀的戰鬥機上被彈了出去一樣，畢竟我對讀書也興趣缺缺。但依然覺得認真解說的勇哥看來很有趣。我覺得自己好像看不膩他。

阿惠之後又戲謔的問勇哥是否有女朋友，這突如其來的問題讓莫莉嚇了一跳。勇哥喝口啤酒後，以手搔搔太陽穴，說這部分他想保密。

「不過一定談過戀愛吧？」阿惠接著問。

勇哥點點頭。

「初戀是幾歲呢？」阿惠又問。

勇哥這時露出尷尬笑容，揚起眉毛說：「妳們別一直拷問我啦，我會害臊的。」

阿惠不放棄，又問：「那勇哥喜歡什麼樣的女孩？」

勇哥沉吟少頃，說自己好像也沒有喜歡哪種特定女孩，感覺比較重要。

「感覺？」阿惠又問，「什麼樣的感覺呢？」

勇哥又喝一口啤酒，眼神忽往上飄，像在深思，說：「這我也不知道，反正就是感覺吧。」

阿惠這時說：「那我們之中，誰對你而言最有感覺呢？是不是莫莉呀？」

莫莉這時露出羞赧神情，說：「阿惠，妳別亂問了。」

勇哥笑笑不置可否。

「那勇哥覺得我們之中包括小柚子，誰最漂亮呢？」阿惠又追問。

勇哥看著莫莉。

「是莫莉？」阿惠說，「哇！勇哥覺得莫莉最漂亮？」

勇哥這時害羞的點點頭。

「鶒，所以勇哥覺得我不漂亮嗎？」阿惠故意嘛起嘴。

「不，其實妳們一樣漂亮，真的。」勇哥又說，神情不禁緊張起來。

「阿惠別再鬧勇哥了。」莫莉這時說。

「嘻嘻！」美里忍不住笑起來。

勇哥再喝一口啤酒，說：「不過，我覺得莫莉與小柚子兩人氣質相似，我知道她們沒有血緣關係，但兩人有點像親姊妹，有時上課上著，我以為自己看見兩個莫莉呢！」

我這時問莫莉：「勇哥這麼說，莫莉應該很高興吧？」

莫莉露出害羞微笑。

大家沉默一會。

「我們別再討論這些令人害羞的問題了，」勇哥忽然說，「我們來聽歌吧，好不好？」勇哥說，接著把手機拿出，在Youtube裡輸入歌名，那是基恩樂園的〈祕密基地〉。勇哥說這個粉紅小屋很有趣，就像我們的〈祕密基地〉。

「Somewhere Only We Know，」醉態可掬的他說，並把食指豎立在嘴唇前，說了聲「噓」。接著就往一旁倒下。在他醉得不省人事以前，他說了：「能認識妳們，我真是三生有幸。」

我們幾個後來就蹲坐在勇哥旁邊，一直看著熟睡的他，好像看了有一輩子之久。

11. 去夜店熱舞吧

阿惠

可憐之人必有可恨之處。這句話說得對極了。

人的感知是很有趣的，當你同情某個人時，他必然有個地方是讓另一些人討厭的。就像當你不小心賺了點錢，想要施行點小惠，所以拿錢給一個斷腳的人。當你自覺崇高時，他旁邊另一個斷腳的人，一定在瞪著他，心裡想：「憑什麼只有他有？為何我們平平都斷腳，卻只有他能拿錢，那個畜生，他一定做了什麼下賤的事，才能拿到錢……」

這世界的同情從來不是免費的。

你自以為是的給出一些，沒得到的另一些人，就宛然失去一些。

是不是？是不是？是不是就是這樣？

一天下午，我到○○圖書館，拿了佛洛伊德的《圖騰與禁忌》後，正打算往櫃台走去。後來真是無巧不成書，居然碰到小柚子，她正從圖書館廁所走出來。我原本想躲她，但毫無辦法，她一走出廁所，與我四目相對，臉上立刻迸出笑容。

「妳是……」她說。

「對，我是阿惠。」我說。

「對對對，妳是最聰明的阿惠，」小柚子說，「妳來借書嗎？」

「對，」我說。不然還能幹嘛？但我沒說出口，「來找下禮拜三的書單，妳應該記得吧？我們在研究佛洛伊德。」

小柚子看見我手上的《圖騰與禁忌》，說：「這本我看過喔，感覺比較易讀，且很有趣呢！我記得裡面說到一個小孩被雞咬到小鳥，一年後看到雞就咕咕叫，聽來好荒謬好好笑，而且他們總能找到理由，多半都跟性有關……精神分析好像根本就是性分析嘛。哈哈……」

「但性本來就很重要啊，不管什麼生命，都發軔於性不是？」我說。

「當然是沒錯啦，」小柚子點點頭，又說，「對了阿惠，晚上我要去一間私人的lounge bar玩，妳要不要一起去？」

我當時很訝異，小柚子居然找我出去玩。「妳怎麼不約莫莉呢？」

「今天都沒看到莫莉呢。」小柚子牽起我的手，說，「去嘛，好嗎？我們去放鬆一下。」

看著小柚子的漂亮臉龐，說「不」好像成了一種罪愆。原來女人的美真是世上最可怕的武器。

我跟她約在竹北高鐵碰面。小柚子比約定時間早抵達。身穿一件粉紅色小可愛外加白色熱褲、綁著馬尾的她，頸部刺青清晰可見。那是一個做天使裝扮的惡魔圖騰，看來很前衛，像搖滾樂手身上會出現的刺青。

不過這也是後來我才知道的，原來那就是小柚子的真面目：既有天使般的善良外表，內心又如惡魔般的歹毒。

在高鐵上時，小柚子拿出很多流行衣服，要我選擇。但大部分都好露喔，而且都是無肩衣服。我當然不敢穿啊。那時我告訴小柚子，我不能穿那些衣服，我未具資格。她忽然看著我，彷彿看進我內心一樣，說：「其實那個東西並不值妳羞恥的。」然後小柚子摸摸我手上的疤痕問：「當時一定很痛吧？」那時不知怎的，我點點頭，就一股腦兒把自己事情向小柚子述說了。

發問者：自己的事情？

嗯，醫生你手上資料沒記載嗎？以前我曾發生一些事耶。就在我小時候啊，我母親是個瘋子。因為我爸是個爛人，常四處尋花問柳，我媽因此是個自殺累犯。但我一直覺得我媽本就是瘋子，而我爸的濫情只是她發瘋的藉口吧。總之我爸跟一個大陸妹搞上，還弄大對方肚子。我媽發現時，大陸妹已把小孩生下來了。我媽憤怒透頂啊，就揪我去「旅行」。當時傻傻的我還開心跟著去咧，結果她在飯店燒炭。但因她很笨，未能把我們弄死，反而把我手臂燒得滿是疤痕，而她自己卻沒事，除了喝下一瓶紅酒醉醺醺之外。消防隊員抵達時，醉昏頭的她，居然還騷擾人家呢，不斷摸他們胸肌，直說「練得真好！」，真是丟臉至極。此外，因神經壞死的緣故，我右手掌也因此像哆啦A夢一樣，永遠只是拳頭。

我真的不想露出疤痕，醜死了。但小柚子跟我心理建設，說我其實很漂亮，身材又好，當然要展現自己呀！後來在小柚子鼓勵下，我才去廁所換上小柚子替我準備的衣服。奇怪的是，穿上她衣服後，我頓時覺得自己身上的疤痕不再醜了。小柚子好像聽見我內心聲音一樣，立刻跟我說：「妳好正呦！」

大概半小時，我們抵達台北，接著轉搭計程車，大概再二十分鐘，我們就到了那間lounge bar。打扮時髦的小柚子拉著我跳下計程車，往lounge bar走。我們用欣快步伐走著，超像好萊塢青春電影裡的主角，甚至還有點slow-motion的感覺，只不過我們不是搭名車，而是計程車就是了。

但事實上，我們來到的是一間地點荒僻、看來黯舊的老房子，一點也不像熱鬧的lounge bar，而且隔壁還躺著一隻渾身疥瘡的粉紅色脫毛狗，好臭的。後來是小柚子撳下門鈴，逼逼兩聲之後，有人問：「是誰？」小柚子說：「我是小柚子。」門於是啪的一聲打開了。那時我還真佩服她耶。

當門打開時，裡頭是完全不一樣的光景。我聽見裡面隱約傳來音樂聲。我們走進一條長長的逼仄走廊，音樂聲越來越大。走到底時，哇，裡面就像國外電影裡的舞廳一樣，擠滿了俊男美女。但缺點是，空氣不好，略微混濁，所幸空調開得很強，還算舒服。儘管裡面黑黑暗暗的，但很多色彩繽紛的燈，像深海裡滿滿的怪誕生物一同發出奇異光亮一樣，讓人目眩神迷。

最叫我意外的是，裡頭的人居然都認識小柚子耶。小柚子就像明星一樣。我們才進去沒多久，小柚子就跑進舞池，上面的ＤＪ就一直喊YUZUYUZU，我才知道，原來那是小柚子的英文名字。這時，眾人目光都在小柚子身上。她起先打起響指，輕微扭動腰肢，之後很快跟上音樂節奏，像個專業舞者，賣力舞動身體。有一些長相很帥氣的男生，前呼後擁跑到小柚子旁邊，一起搭配跳舞，簡直好看極了。

後來小柚子回來我身邊，問我怎麼不下去玩。我搖搖頭，說會害羞。但小柚子拉著我到舞池裡。一開始我都放不開，隨後身體跟著節奏搖擺，精神也隨之漸漸放鬆、甚至渙散，好好玩的。

坦白說，從那天開始（這時她刻意把音量放小）小柚子就成了我偶像。醫生你知道，她又會玩又會讀書，又好漂亮的，讓我佩服不已。當然，後來她不是我偶像了，小柚子後來的所做所為實在太disgusting了，醫生你知道，我這人最受不了就是雙面人。

我們找了一個位置坐下，小柚子跟服務生點了一些食物。一會後，幾瓶啤酒跟炸物上了我們的桌。小柚子拿起啤酒，打開，注入兩個杯子。她以眼神要我拿起我面前的杯子，我無法抗拒。我們於是碰杯而飲。這次啤酒對我而言好像比較美味，我接連喝了幾口。也許在酒精的催化下，我們都顯得很高興。不知過多久，燈光忽暗下，大家也都安靜下來。有個人走上舞台，後來打上spotlight，我才知道，那是勇哥。

勇哥的出現讓我訝異不已，這一切會是巧合嗎？我轉頭看小柚子，但她僅專心看著台上的勇哥。看樣子應不是巧合？她若無其事的態度，透露了她知道勇哥在場的訊息。但小柚子不是很討厭勇哥嗎？兩人怎會同時出現在這裡？還是他們其實是好朋友？這時我眉頭一皺，發現案情並不單純，但找不出原因，畢竟我不是李探長……

勇哥眼睛看著台下，卻沒聚焦，讓底下每個人都感覺他彷彿在看自己。後來勇哥向台下的人敬禮，走到鋼琴後面，再度敬禮後，才坐下。接著勇哥宛如戛玉敲冰般彈起鋼琴，一氣流注的前奏結束後，開始唱起歌。唱的好像就是那首「Somewhere Only We Know」。勇哥的唱歌聲音委實娓娓動聽，輕柔卻不失男子氣概。忽然之間，我幾乎聽到耳際傳來啵的一聲，讓我不禁懷疑，可能是我耳膜受孕了……

勇哥唱完歌後，也下台跟我們一起玩，坦白說，撇去勇哥忽然現身讓我訝異外，那晚其實很棒。Amazing...

大概凌晨兩點，我們準備離開lounge bar。小柚子這時拿起桌上一隻被咬過一口的炸雞腿。勇哥跟我對於她的舉動都覺奇怪，但她僅聳聳肩，露出微笑，未打算解釋。走出lounge bar後，她四下審視，像在找什麼人似的。這時我們在對街看到方才那隻很臭的脫毛狗。趴著的牠，正看著月亮凝思，像沉思者的臭狗版，卻也透漏著憂鬱，可能在思考著極困難的哲學題目吧，例如自己的毛為何掉光之類的。小柚子毫不猶豫的跑了過去，蹲下，把炸雞腿給牠吃，還親密撫摸牠的額頭，彷彿牠一點也不臭似的。脫毛狗一下子就把思考哲學的皮毛給褪去了，津津有味吃著烤雞腿的牠，又成了一般饞嘴的平凡野狗，卻也多了幾分快活就是。

一會後，小柚子又跑了回來，氣喘吁吁的。勇哥看了她一眼，她只尷尬付之一笑，彷彿因做了好事而感到赧羞。之後才說：「牠大概餓了吧。」勇哥柔情的點頭微笑。我看見小柚子尷尬摸摸劉海。

這時勇哥說要載我們回家，要我們在原地稍待，他去取車。隨即扭身往後走，隱沒在黑暗中。脫毛狗囫圇吞下烤雞腿，連骨頭也不剩。牠抬起頭看著小柚子，好像還餓著，眼神滿是期待。小柚子跟牠招招手，牠汪了一聲。

一會後，勇哥駕車抵達。小柚子坐上副駕，我坐在後座。一上車，勇哥即踩下油門上路。不久後，他問：「阿惠一定覺得很訝異吧？小柚子忽然找妳出來玩，而我又忽然出現……」

我茫無頭緒的點點頭。

「這晚其實是我請小柚子找妳來的。」

「真的嗎？為什麼？……」我問他。

「主要想帶妳出來玩玩呀！」勇哥說，這時我看見他把方向燈桿往下打，車子往左走，「還有嗯，我們有些正經事想跟妳敘談敘談……」

「正經事？」我反問。

「對，」坐在副駕的小柚子轉頭跟我說，「有些事，我們想問問妳的意見……」

「不過我們到星巴克再談吧！莫莉覺得怎麼樣？」勇哥又說。

我說聲「好」。不過內心很好奇，到底我們之間有何正經事可談的……

我們來到一間二十四小時營業的星巴克。可能是在墨黑夜幕籠罩下，星巴克綠色招牌上的微笑女妖也被影響，她表情忽而變得僵冷，甚至邪惡的感覺，彷彿顯露出其在神話裡的真實面目一樣，讓我甚至不自主的規避她的眼神。

勇哥領著小柚子跟我到角落位置後，問我們要喝些什麼，我點黑咖啡，小柚子點拿鐵。說完，勇哥就到櫃台點咖啡。

勇哥端著咖啡折回時，對我丟出微笑，說：「妳知道嗎？勇哥一直覺得妳們很特別喔，但妳們好像不自知。」

我問他：「特別之處在哪裡？」

他又笑了笑，說：「妳那麼聰明，應該知道吧？」未等我回答，又說：「其實Being special is good，我學心理，很能接受特別，例如美里整天抱著娃娃並跟娃娃說話，那像一種悼念妹妹的行為，我覺得可接受的；盈盈相信自己是巫師，有超能力，還相信自己有詛咒能力，這也只能算可愛吧；而小潔整天髒話不離口，這大概只能算特別豪邁，哈哈；妳的話，基本上我覺得妳是個有趣的人，思考很靈活，這是妳的特別之處。所以我說妳們很特別又妙趣橫生……」說到這時，他停了下來，用手撫撫下巴，猶如在抹什麼東西一樣，又說：「但是莫莉呢，她則好像有些超過了，我指她的特別，好像超過了……可容許的正常界線……」

「莫莉嗎？」我感到訝異，「為什麼？莫莉是我們之中最好的人耶。」

小柚子這時忽然說：「阿惠，妳知道阿阮非常害怕莫莉的這件事嗎？」

我露出納悶神情，說：「我只知道阿阮不太跟莫莉說話。」

「原因呢？」小柚子問。

我搖搖頭。

小柚子露出凝重表情，說：「在我來莫莉家不久，阿阮就跟我說，要注意莫莉。她說莫莉的背後應有什麼東西跟著，不僅經常自言自語，甚至在房裡又哭又笑的。不過我想那也許是來自越南的一些奇怪風俗想法。我不信怪力亂神，但也確實常在半夜聽見莫莉自言自語，我當時以為她是說夢話，但她卻是清醒的，甚至也能跟我對談。後來幾度在白天也有這種情形，不但自言自語，也好像進入白日夢。所以我覺得是精神方面的問題，才跟勇哥說起這件事。」

「但是，阿阮的話能信嗎？就我所知，阿阮好像不太喜歡莫莉跟我們耶，只不過我們也不懂個中原因，她會不會因此而汙衊她呢？我告訴你們喔，每次我們去莫莉家玩時，阿阮不僅不友善，還經常瞪莫莉跟我們耶……」我說，「而且我跟莫莉相處了那麼久，也沒發現她有自言自語的情況……」

「我也確實發現她有自言自語的徵跡，但現在我還不能妄下定論，畢竟我跟她相處得不夠久。但是極其審慎的來說，我的預感不太妙。」勇哥也說，「阿惠，我知道妳跟莫莉是好姊妹，我認為妳是最理性的，應可理解我們的關心吧？妳曾察覺莫莉是否有什麼奇怪舉動嗎？」

「別擔心，我可理解的。」我說，思忖一會，「但莫莉除了善良得有些過分外，我好像沒發現她有什麼不同耶。」

「不管怎麼樣，阿惠是妳們之中，勇哥覺得最值得信賴的，能幫勇哥多注意莫莉嗎？」勇哥說。

「是可以的。」我說，「但是……」

我話到嘴邊又吞了回去，不知自己該不該跟勇哥說莫莉喜歡他的事。若莫莉知道她深愛的勇哥居然懷疑自己是神經病，不知道會多傷心呢……

後來在回途車上時，勇哥請我保密剛才的話題。我當然同意，這些事若傳到莫莉耳裡，未免也太傷人。

坦白講，現在想想，我覺得自己很對不起莫莉，醫生你知道，我當時並未第一時間替莫莉說話，就連質疑也沒有。若是小潔的話，一定直接跟勇哥和小柚子嗆：「你們才是痟的！」

當時，我只有種好奇心態。

前面跟醫生提過了，我是一個理智的人，至少我自詡如此。我從未發現莫莉有何奇怪之處。呃……或許在愛上勇哥後，她有些狂熱，但這世上誰不是如此？我覺得愛就是性，就如佛洛伊德的里比多，完全由本我控制。在十五歲的荳蔻年華，我們的賀爾蒙最強，自我大概很難控制本我，更別說超我了，對吧？但因勇哥是心理系學生的關係，而當他說一個人的精神有問題時，大概是有所本的。後來我也確實特別注意莫莉，但坦白說，我真沒發現她有何奇怪之處。

對我而言，莫莉真的再正常不過了！

（這時她忽然將聲調放低……）

醫生我告訴你喔，我們之間，我覺得其他三人還比較怪咧。小潔脾氣壞得要命，整天就是髒話掛嘴邊，據佛洛伊德的精神分析論來看，恐怕是幼年時口腔沒得到滿足吧，而且整天說著奇音怪調的閩南語，你若講她說錯，她還會大發雷霆呢；而盈盈成天都講神祕學的東西，我雖覺得塔羅牌有時滿準的，但她常常有些奇怪禁忌，例如會說哪天不能出門，或什麼東西不能吃等諸如此類的，我記得有次我們經過一個喪家，盈盈不小心看到裡面遺照，回去居然用可樂洗眼睛，未免也太誇張；而美里更不用說了，整天抱著她的妹妹玩偶，要說怪，恐怕沒人怪得過她吧？……

不過要怎麼define一個人正常或瘋狂呢？就如佛洛伊德所說的，本我本就是瘋狂的，所有的人都是被壓制住的，也許是道德也許是法律也許是風俗也許只是單純自己想壓制自己，所以人人從根本上而言，都是瘋子；只是長大後，我們開始假裝理智，假裝世上的一切都有規則。盧梭也曾說：「在孩童期，人的理智都在睡覺。」確實，我們需醒覺，但省得太澈底，我覺得人生就無聊惹，所以多多少少我們還是可容許昏昏欲睡吧？只要避免真正睡著，就不會太早ＧＧ惹。

對吧對吧？

12. 澈底消滅情敵的方法

阿惠

後來幾個禮拜，莫莉依然把自己對勇哥的心意藏在心中，只跟我們分享。她告訴我們，她每天都會Line勇哥，例如在生活裡看到了什麼值得紀錄的事或景象，如被風吹起而在空中飄舞的塑膠袋，或隔壁鄰居的大橘肥貓躺在陽光下搔肚子的模樣，又或者她想到什麼很有意思的句子——你也知道，莫莉是個超級道理王——都會跟勇哥分享，而且無論多晚，勇哥總在五分鐘內回覆她的訊息，且親自打字，絕非敷衍回傳貼圖而已，這讓莫莉認為，勇哥是很珍視自己的。

後來一天，我們在粉紅小屋裡讀書時，莫莉帶來一個藍色坐墊，並一面撫著它，一面聞，說那是勇哥每次上課都會坐的坐墊。她偷偷買了一個新的，替換過後，才帶過來的。

「這樣以後我們在粉紅小屋裡時，我就可以坐在勇哥身上了。」她說，把臉埋入坐墊裡，深深嗅了好幾次。

在那時候，坦白說我臉上頓時出現三條線，這舉動好像真有點不正常齁？⋯⋯

不過一旁小潔面無表情，好像也不覺奇怪；我則跟盈盈互換眼神，雖未說話，但我想我們心照不宣；美里則在一旁摸著莉莉，一面跟她說話，完全沉浸在自己世界裡。

不知聞多久，莫莉才把臉從坐墊裡「拔」起來。她看了我們一眼，表情猶如剛睡醒一樣，接著好像忽然想到什麼一樣，問：「對了，妳們要不要聞一口？可以讓妳們聞，但一人只能聞一口喔……」

小潔忽像打冷筍般搖起頭，盈盈揮揮手，美里則依然忽略提問，我則說：「妳自己慢慢享用就好惹。」

莫莉淡淡說聲：「嗯，好吧。」

後來盈盈忽拿出一本書，那是本藍色、看來很舊、很有歷史的書。我瞥了一眼書封，書名是《暗黑神祕愛情術：女孩專用》。

莫莉看到書，露出感興趣的樣子，把藍色坐墊放在屁股下，問：「那是什麼？」

「一本關於『教人如何讓心儀對方愛上自己的愛情神祕術』的書。」盈盈說，「這是我在一間專賣神祕學的東西的二手店——一間很隱密的小店——找到的。」

「你什麼時陣去的？共誰去的？」小潔又問，好像在逼問什麼一樣。

「妳幹嘛那麼兇？」盈盈這時也不高興。

「我哪有歹，只是好奇嘛。妳安怎會知道這間店？又共誰去的？難道自己去的？抑是妳有別的朋友？」小潔說。

「好啦。我坦白說，是小柚子帶我去的。」盈盈說。

我們嚇了一跳。但當時的我，可不敢說我也跟小柚子和勇哥出去玩過。小潔好兇。

「蛤？」小潔說，一副就是不爽盈盈私下跟小柚子見面的神情。

盈盈這時拿出一副新的塔羅牌——那是一盒看來風格古老的泰式塔羅牌——說：「這是小柚子送我的塔羅牌，跟那本書一樣，也是從那間店買的。不過那本書我是私下結帳的，小柚子並沒看到。」

小潔持續面露不爽神情。

盈盈怯伶伶的看了小潔一眼，說：「是她主動跑來找我，說要送我一副新的塔羅牌，我又怎能推拒呢？」

小潔依然一副不爽的臉。

「就是啊。」莫莉也說，「小潔就不要在意了嘛，小柚子也只是好意。」

這時大家默然下來，一陣尷尬。

許久後，盈盈才說：「對了，這本書裡有則愛情術，讓我印象很深，感覺很有趣，但有些下流。妳們要聽嗎？」

「當然聽。」莫莉說。

「確定？」盈盈問。

莫莉點點頭。

「小潔也要聽嗎？」盈盈故意問小潔。

這時小潔「哼」了一聲。

「這愛情咒語是這樣的：妳必須把自己私密處的毛跟對方私密處的毛綁成一個愛心結，然後沾過自己跟對方那個地方的液體後，再放入愛心盒裡，並埋在土裡一百二十天，就能讓對方愛上自己哦……」

「真的嗎？」莫莉又問，「這樣就可讓對方愛上自己？」

盈盈聳聳肩，說：「應該是吧，這本書可是泰國傳來的，泰國在神祕術方面可是執牛耳呢！」

「但需取得對方私密處的毛髮跟那個耶，」我說，「這很困難吧？」

美里這時「嘻嘻」笑了兩聲。

「我感覺不難啊，」小潔這時說，「勇哥對酒無抵抗力，只要共伊灌予醉不就好了……」

「但是……毛髮可能容易些，」我說，「但若喝醉，還能……呃那個嗎？若勇哥喝醉，我們就取不到我們要的液體吧？」

美里又「嘻嘻」兩聲。

「這我他媽的就莫宰羊了，我只是個假查甫，不清楚那玩意兒是安怎運作的。」小潔也說。

我們忽然呵呵大笑起來。

盈盈這時把書蓋起來，刻意做出受到驚嚇的樣子，說：「這本書還不只這樣哦，其實這是一本非常非常可怕的書，」盈盈這時吞了口口水，繼續說：「裡面還提到『如何澈底消滅情敵』……」

「澈底消滅情敵？」莫莉重複道。

盈盈點點頭。

「上澈底的方法？」小潔說，「啊不就把對方殺死就好？死了不就澈底無去了？」

「不不不，事情不像憨人想得那麼簡單，」盈盈說，「書裡說，若妳愛的人深愛妳的情敵，妳就算殺掉對方，妳的愛人依然不會愛妳啊，因為他就是愛妳的情敵呀，不是嗎？若情敵死了，只是代表妳的情敵消失了，妳並不會因此變成妳的情敵的。」

「好像有點道理。」我說。

「書裡說，妳若打算澈底清除情敵，妳不但必須將情敵殺掉，並且……」盈盈說到這時，忽然停了下來。

「並且怎麼樣？」我問。

「妳自己翻閱吧。」盈盈說。

我們都湊過去讀了。

不過醫生我跟你說喔，那本書真的很可怕耶。當時我看了簡直全身發抖。到底盈盈是哪裡取得那可怕的書啊？……

後來莫莉把書收起來，跟我們說：「這書太可怕了，我帶回去燒掉好了。」

「可是……」盈盈說，「那是我的收藏品耶……」

「不行，這太可怕了。」莫莉堅定的說，「必須燒掉。」

13.在心理實驗室玩COSPLAY

阿惠

後來有天，莫莉接到勇哥來電，嚇了一跳。更令她喜出望外的是，勇哥居然約她到他學校玩耶。勇哥說，他聽說莫莉對心理學有興趣，所以希望莫莉來看看他們大學以及校系的樣子。

不過，有件事我得先跟醫生說。事實上，勇哥在打給莫莉前，先打給了我。他沉重的說，莫莉情況又更嚴重了。

「在前一天上課時，莫莉忽然做起白日夢，不僅自由自語，好像還進入『意識荒蕪』的感覺，時間長達十分鐘。」他形容得很嚴重。

但我跟勇哥說，我依然覺得莫莉沒問題。勇哥則說，他明白，畢竟也許只是我尚無機會目擊。他打算讓莫莉到學校，除做進一步訪談外，還將檢查她腦波是否正常。

「檢查是無害的。」他強調，並擔保只會問一些無傷大雅的問題。腦波檢查也非常一般，她甚至不會有感覺的。他接著表示，他之所以先告訴我，是擔心莫莉若跟我講這件事，我會感到意外，所以先跟我打預防針。

「所以妳不必擔心，好嗎？」勇哥說。我則跟勇哥說，「你想太多了，我當然知道你是為莫莉好啊，我不會擔心的。」

莫莉當晚興奮得睡不著，意識清醒如水，勇哥的臉接踵在她腦裡飄著，像自動放映的投影片一般，而且非常清晰，彷彿伸手就可摸到一樣。在她想法裡，那就是他們第一次約會。勇哥跟莫莉說，因只有找她，未找小柚子，他不方便去她家接她，也請她不要告知小柚子。

「這是莫莉跟我之間的祕密喔。」勇哥在電話上這麼說，讓莫莉更加以為這就是約會。

勇哥依約在竹北金石堂前等她，兩人都準時抵達。那時稍微暄熱，陽光肆無忌憚的替地面加溫，對街的清心前，排有等待降溫解渴的好長人龍。不知哪裡飛來兩隻一黑一白的鴿子，站在隔壁籃球場前的電線桿上，俯視著底下光景。

莫莉刻意穿了粉紅色套裝，腳蹬一雙黑色高跟鞋，還化淡妝，手拿一個藍色新月包，讓自己看來比實際年紀大幾歲。站在白色Altis旁的勇哥則打扮得一派輕鬆，一雙藍色帆布鞋搭配刷白牛仔褲、白色襯衫，還刻意將襯衫拉出，大概想營造輕鬆的感覺吧！他手上拿著兩瓶剛從7-11買來的水，一瓶遞給莫莉後，風度翩翩的替莫莉開車門。

莫莉上車後，興奮得忘乎所以，不慎把水打翻了。她直向勇哥道歉，勇哥說沒關係，然後拿衛生紙擦車子。這時，她聞到勇哥身上的古龍水味。勇哥一般不搽香水；這是她第一次聞到勇哥身上香味，讓她更覺這就是約會。

不過令莫莉很失望的是，在前往學校途中，勇哥僅跟她聊著學校以及功課的事。深感失落的她看著黏在前檔上的一隻飛蟲屍體，一面想著它是怎麼死的，一面說自己對未來沒太多想法，勇哥則建議她仔細想想未來，畢竟離學測已不遠了。

莫莉覺得勇哥很煞風景，竟在第一次約會時說教，僅有一搭沒一搭的回話，直到抵達學校為止。

下車時，風和日麗，天氣好極了。進了大門，迎面兩排椰樹像巨人一般站立著，像在歡迎他們，又像在保護台灣這最高學術殿堂。勇哥說他們校園值得一看，先帶她在校園逛逛，並逐一介紹學校裡那些闊闊綽綽又古色古香的建築物。他跟莫莉說：「若莫莉真對心理學有興趣，且想進我們學校的話，得很努力喔！」但莫莉才不管努力不努力的事，她知道自己進不了台大，僅殷殷期盼勇哥可牽她的手，但勇哥卻沒有，讓莫莉失望透頂。

勇哥後來帶她到心理系大樓，又帶她進他們研究室，再進入一個小房間，裡面有一張黑色沙發，旁邊是一張淡藍色的床，地上鋪著深色木質地板。

「莫莉，我剛好需一個試驗者協助我的研究，」勇哥說，「時間不會太久，莫莉應能夠協助吧？」

莫莉雖感意外，仍點頭答應。勇哥於是要莫莉坐上床，同時將床搖起約60度，再讓莫莉背躺於上，同時要她放鬆。莫莉這時聽見水晶音樂聲。旋律很熟悉，原來就是他們常聽的「Somewhere Only We Know」。勇哥說：「先休息五分鐘，我們再開始，好嗎？」莫莉說好。

勇哥這時開門走了出去。莫莉趁機環顧四周。跟床一樣，周圍也都是淡藍色裝飾與擺設，窗簾半掩著，讓光線柔和而不刺眼，很讓人安心。勇哥接著走進來，手上端著一壺熱水。他倒了一杯熱水給莫莉，說：「先喝口熱水，放鬆心情。」接著又走到後面。

回來時，他推著一台手推車，上面是一台電腦。他看著莫莉微笑，再拿起跟電腦連接著的一些電極線，跟莫莉說：「勇哥需測試莫莉腦波，純粹實驗所需，完全不會痛。這部分沒問題吧？」莫莉感到很意外，但依然點頭。

勇哥於是溫柔的用酒精擦過數個電極線，再將它們安置於莫莉額頭。之後他坐上沙發，把電腦螢幕轉向自己。莫莉看著前頭牆壁，覺得自己像實驗室的白老鼠，不過身後是自己深愛的勇哥，也不覺難受就是。不過她覺得很可惜，自己這時看不見勇哥，當然她也不敢轉身看勇哥。

莫莉後來跟我們說，勇哥對我們姊妹淘很有興趣，問題都在我們跟莫莉之間打轉。例如問我們的家庭成長背景，或問我們認識過程等。莫莉當然一五一十回答，後來還問了一些再正常不過的事，如：「妳們平常也會一起聊天嗎？」

莫莉這時稍感不耐，說：「當然會呀，勇哥不也知道嗎？而且之前的問題，例如我們的一些背景，我們都在粉紅小屋裡談過了，不是嗎？」

勇哥說：「對對對，我記得，但這些問題都是實驗的一部分，請莫莉暫把我拋開，當做我們不認識，莫莉可做到這點嗎？」

莫莉點點頭。

勇哥接著又問：「妳們之中誰算領袖呢？」

「領袖……」這問題讓莫莉思索一陣，才說：「若講領袖的話，應是小潔，但最聰明的話是阿惠，但最值得信賴的人，我覺得是盈盈，所以我們各司其職吧。」

「那莫莉呢？」勇哥問。

「我不能算領袖吧？」莫莉說，「我沒有太多想法。」

「那是為什麼？」

「我也不知道。」

後來勇哥又問美里愛哭、小潔脾氣暴躁，盈盈對神祕學感興趣以及阿惠右手疤痕的部分，這些醫生你也都知道了。莫莉後來這麼跟我們形容：「我覺得自己好像被勇哥拷問。」

值得一提的是，勇哥後來做了一個超奇怪的要求。醫生你知道嗎？他居然問莫莉：「若我現在問妳關於她們的事，妳能用她們的想法來回答嗎？」

莫莉露出納悶表情，問：「你是說要我打電話給她們嗎？」

「不，我希望妳能夠用她們的想法來回答。」

這要求很奇怪，對吧？我們又不是連體嬰，莫莉怎能代表我們說話……

所以莫莉也說：「這要求很怪……」

「對，是很奇怪，但妳知道，勇哥是心理系學生，這只是一個實驗而已。」勇哥說，「莫莉能配合嗎？」

莫莉為難的點點頭。

「所以，盈盈真認為自己是巫師嗎？」勇哥問。

「那是祖母說的，其實我也不清楚。」莫莉說，「但我相信這世界有無限可能，我們不該輕易否決任何事。你想想，時間與空間都是找不到邊際的，若只有我們，以及與我們任何有關連的存在的話，未免也太浪費、太浪費、太浪費了吧！」莫莉這時不禁失笑，說：「是這樣嗎？你要我假裝自己是盈盈？」

「對對對，就是這樣的感覺。」勇哥說，「很不好意思。莫莉一定覺得很奇怪吧？但心理系就是常需做一些奇怪實驗。」

「是還好啦。」莫莉說。

「小潔為何喜歡說髒話呢？」

「佮你有啥底代！」莫莉說，聲調忽然大了起來，「我共你講，這個天下是殘酷的。你若不強壯，就會予人欺負。」

「何以見得？小潔有故事要告訴我嗎？」

莫莉這時嗒了一下嘴巴，說：「以早我飼過一隻小博美犬，叫飛飛，牠就是因太弱小，被我鄰居飼的拉不拉多予咬死了。當時我也在現場，我試著拿竹仔共牠趕走，可是牠很粗殘，我打不過。大人來的時陣，我的狗已經予咬死了。予我足痛心的是，無論是牠或牠的主人攏無悔意……就連我老母當時都要我放下，講：『只是一隻狗而已嘛。』抵那時我才明白，原來這世上毫無公義。不過後來……」說到這時，莫莉臉上忽然出現一抹冷笑，「後來……我共牠毒死了。牠津津有味的食下我混過農藥的肉丸後，足痛苦啊，一直用頭磨地，攏磨出血了。而我只是踮抵一旁，喝著可樂，看著牠痛苦至極的死去……」

「看見那隻拉布拉多犬痛苦時，難道真的沒有任何不捨嗎？」

莫莉接著面露怒意，說：「你娘咧那死肥狗很賤，我按怎同情牠？同情敵人就是他媽的傷害受害者！這你不懂嗎？牠他媽的共我的飛飛咬死耶，飛飛是因牠而死耶！若不是我當時他媽的太細漢，我一定徒手共牠殺死，我這陣上後悔的是，當初未能親手扭斷那死肥狗的頷頸……」莫莉說，接著摸摸口袋，好像在找什麼東西一樣。

「妳在找什麼？」勇哥問。

「薰啊。」莫莉說，「俖娘咧，我居然忘記帶薰，你有薰無？」

「抱歉，我不抽菸，」勇哥說，「而且這裡禁菸。」

莫莉這時低下頭，摸摸劉海，極為赧然的說：「我剛才是不是很粗魯？但小潔的個性真的就是這樣啦，但你別誤會，小潔其實是很善良的人……」

勇哥露出笑容，說：「不會粗魯，我要的就是這種感覺，莫莉很棒。」接著又問關於我的事：「阿惠到現在還害怕媽媽嗎？」

莫莉想了一下後，比出猜拳手勢，說：「剪刀石頭布！」結果勇哥出了剪刀，莫莉笑著說：「我永遠只能出石頭，但勇哥居然輸我惹，你大概是這世上唯一一個猜拳會輸我的人吧。說到我媽媽喔，嗯……她就自私得讓人害怕啊，為了自己感情的事，居然想殺我耶。不過我們現在都太平無事，可能是因我爸最近很乖吧。但其實我也不在乎他們。」

莫莉說的那番話，完全就是我想說的。原來莫莉很會模仿我。

接著勇哥又問：「妹妹死的時候，美里的感覺是什麼呢？」

莫莉忽然低下頭。

「莫莉……還是美里……怎麼了嗎？」勇哥問。

莫莉說：「我……不想……談這塊……」

「是莫莉不想談？還是美里不想談？……」勇哥又問。

「我們……都不想談……我把既已妹妹害死，我既兇手……」莫莉說，然後抬起頭，勇哥看見莫莉臉上的淚痕。

勇哥這時沉默下來。

莫莉開始啜泣。

勇哥這時伸手抹去莫莉臉上的淚痕，說：「美里，不要自責，這不是妳的錯……」

莫莉依然像個孩子一樣啜泣，許久後才說：「勇哥，我覺得這實驗讓我很不舒服，我們可以停止了嗎？」

勇哥點點頭，起身，再將熱水注滿杯子。「來，喝點水。」勇哥溫柔的說。

莫莉後來跟我們說，這實驗確實讓她不舒服，像鑲在心裡的東西被勇哥硬拔出來一樣，不但沒有解脫之感，反而像心裡多了一些傷口，而且還汩汩流著血。我當時聽罷，也感到奇怪。醫生你知道，這些問題好像有什麼特殊目的一樣。後來我們才知道，原來勇哥確實別有目的。

發問者：什麼目的呢？

嗯，反正有關勇哥的論文就是。你知道勇哥極聰明，成績很好，課堂上所有科目對他而言像小一小二的數學習題般容易。可是呢，他腦裡卻匱乏創意——醫生你知道論文也是一種寫作，沒創意大概很難寫出來吧——所以一直在為自己的論文苦惱。後來我們針對此事商量斟酌過，若他開口的話，其實我們也很願意幫助他啊。畢竟這也不是什麼壞事，不需要偷偷摸摸的。

發問者：偷偷摸摸的？

對啊。不過這也不重要。我之後再跟你說。我繼續說莫莉的事。

後來過許久，莫莉情緒才逐漸緩和，勇哥又繼續發問。不過此刻，問題就很關鍵了。他問莫莉：「莫莉覺得自己是個特別的人嗎？」

莫莉搖頭。

勇哥沉默一會。「那覺得自己很正常嗎？」

莫莉又搖頭。

「不特別也不正常嗎？」勇哥問。

莫莉搖搖頭，說：「與其說正常，不如說我很無能。」

「這是為什麼？」

「我達不到父母期望，他們對我有很高的期望……」莫莉又說，「但無論我怎麼死追活趕也達不到，我不夠聰明……」

勇哥沉吟一下，才問：「莫莉覺得父母期望中的妳，是什麼樣子呢？」

莫莉回答：「大概是小柚子的樣子吧，極漂亮，聰明，又能說會道……」說到這時，莫莉連續嘖了三聲。

「莫莉為何嘖？莫莉不喜歡小柚子嗎？」

莫莉抬起頭，露出極為陽光的笑容，說：「不，我喜歡小柚子啊，非常喜歡呢。小柚子是我的偶像兼好友。」說到這，莫莉又停了下來，說：「只是我有點怕她。」

「這又是為何？」勇哥又問。

「她太完美了……」莫莉回答，「完美雖有個『美』字，但完美並不美，完美的壓迫感太重了。勇哥不這麼認為嗎？太完美的人令人害怕？」

這時莫莉聽見水晶音樂聲。勇哥放下手上的筆記本，說：「謝謝莫莉協助，我們今天實驗就到此為止。」

當天收拾完，勇哥帶莫莉去吃飯，接著送她回家。

抵達莫莉家前時，勇哥把車停下。引擎依然錚錚響著，廣播正播報著九點整點新聞。路燈的力量只夠一半光線入車內，一半的勇哥在黑暗裡。

勇哥這時的動作有些刻意緩慢，好像內心有什麼打算似的。他把廣播扭至靜音，轉身看著莫莉，臉上漾出微乎其微的暖笑。他把手輕輕搭上莫莉肩膀，眼神無比溫柔又堅定。莫莉當時嚇了一跳，以為勇哥要吻她，還不禁閉上雙眼。莫莉此刻感覺時間緩慢而扎實的推移著。

少頃，莫莉聽見勇哥說：「若……莫莉覺得心裡有打不開的結，或自己不像自己時，隨時可來找勇哥。」

原來勇哥不是要親自己，莫莉不勝失落，也覺窘迫。她張開眼睛，摸摸額前劉海，說自己內心沒有結，又納悶問他何謂「自己不像自己」。勇哥則要她自己想想，但她想不出來。

憋了一天的莫莉這時難再自持，鼓起勇氣，問勇哥：「勇哥……你覺得莫莉怎麼樣？在勇哥心目中，莫莉是什麼樣的女孩？」

勇哥露出笑容，說：「莫莉是非常可愛的女生啊。」

莫莉當天回來後，要我們立刻到粉紅小屋集合。她喋喋不休的問我們：「可愛？當男生用『可愛』來形容女孩，到底是什麼意思呢？是什麼意思呢？」但我們也都未有戀愛經驗，其實也一無所知。莫莉便用手機瘋狂google男生說女生「可愛」的定義，但依舊釐不出頭緒。

晚上回家後，她又問小柚子「可愛」的定義。小柚子則說，需看是什麼人說和對誰說的吧。莫莉說：「若男生對女生說呢？」

醫生你知道小柚子怎麼回答嗎？她跟莫莉說，一個男孩若對女孩說她很可愛，代表他對她有興趣。小柚子這番話對莫莉而言，有相當大的鼓勵，甚至比塔羅牌還來得大。

當晚，睡蟲還是未拜訪莫莉，勇哥的投影片又重新縈回她腦際，致使她依然開心得整晚都睡不著。

14. 蛋糕上的玩偶

美里

其昔……有一天，小柚己姐姐……有來找我……

（這時其他少女露出詫異表情）

喔她就……嘟然出見啊……在我家裡。我還記得……當天她來的樣己喔，穿一件粉紅色洋裝，臉上畫著淡妝，陽光灑在她身上，她漂釀得就像……蛋糕上的玩偶一樣。小柚己姐姐……跟我說，她從莫莉那裡……積到我喜歡替妹妹買衣服的事。我說：「對啊，因妹妹……來不及長大，但既她很……喜歡衣服，所以我替她買……」然後然後……小柚己姐姐……就帶我去一間兒童服飾店，她幫妹妹……買了衣服……

小柚己姐姐……還幫妹妹洗頭，一邊洗一邊說妹妹很漂釀……

我好開金……喔……

15.啊！莫莉阿公「洗」掉了

小潔

一日透早，莫莉阿公房間傳出阿阮尖叫聲，原來是莫莉阿公叫不醒。阿阮以為莫莉阿公死去了，一面尖叫著「洗掉啦！洗掉啦！阿公洗掉啦！」，一面從莫莉阿公房間狂奔而出。莫莉爸母和莫莉與小柚子正巧攏抵庖房食早頓，趕緊前往查看。莫莉老爸發現莫莉阿公猶有氣息，只是昏迷了，像二次中風。莫莉爸母可能因早有按算，無太大情緒波動，反倒是小柚子這陣卻共眾人戇去，伊居然趴抵莫莉阿公身上，哭喊「爺爺不能死，爺爺您不能死」，親像「連爺爺您回來啦」的悲劇版同款……

他即刻叫了救護車來。

十分鐘後，救護車抵達，莫莉爸母這才把小柚子「拖離」莫莉阿公身體。接著偲和不斷啜泣的小柚子站抵一旁，看著救護人員將昏迷的阿公送上擔架，再扛上車。阿阮順勢跟著上救護車，坐抵莫莉阿公邊仔，而莫莉爸母則拍算駛車載莫莉與小柚子前往醫院。

但阿阮上救護車無久，救護人員忽大聲問：「誰是小柚子？」他才知影莫莉阿公希望小柚子做伙隨車而去。含著目屎的小柚子得到莫莉爸母同意後，上了救護車。但想袂到小柚子才一上車，阿阮就共伊推下，予莫莉爸母掣一趒。後來更令人料想袂到的是，莫莉爸母竟叫阿阮下救護車，換小柚子上救護車。然後阿阮搭莫莉阿爸的車和他做伙前往醫院。

確實是二次中風，且為更嚴重的出血性中風，歸個腦幹攏漾滿了血，醫生不建議開刀。他講：「已藥石罔效，血染了整個腦袋，像紅燒豆腐一樣，開刀也徒勞無益了。」莫莉一家口對醫生說法無太多意見，畢竟莫莉阿公病榻纏綿已久，他早已有按算。但小柚子卻依然像個戲精同款，一直共醫生拜託，一把鼻涕一把眼淚的求醫生一定愛救阿公。這點讓莫莉爸母感動不已，還孜孜流目屎。醫生也受騙，以為小柚子是莫莉阿公的親生孫女，還足為他之祖孫情感動呢。但看那醫生一面色龜樣，大概是想泡小柚子吧。

志遠抵醫生建議下，忍痛簽落DNR。當時反應上激烈的依然是小柚子，伊悲疼欲絕的跪抵土跤哭，講「爺爺那麼好，老天居然那麼殘忍」等諸如此類的廢話。莫莉爸母無閒共伊安慰。

莫莉則抵一旁板板的看著小柚子。當時的伊並未發覺小柚子的心思，只是略略的納悶：「奇怪，小柚子跟爺爺的感情真那麼好？」

但下一刻，莫莉卻看見更奇怪的事：阿阮竟用力推了小柚子一把，還大力共伊　落去，然後用一連貫越南髒話詛罵她。莫莉當時大著驚，面上寫滿莫名其妙，心想：「小柚子跟阿阮不是感情很好嗎？到底發生了何事？」

阿娥見狀，氣甲咈咈跳，說：「原來小柚子所言一切是真的。阿阮妳現在就離開，我會找仲介來，我要送妳回越南！」阿阮這時跪落來，一直向阿娥磕頭，說：「那不希真的，小柚資亂講的，老闆娘妳相信偶，那不希真的……」但阿娥背過身去，抱起胸，一臉冷漠。

後來莫莉才知影，袂輸講是阿阮予阿公摸奶，用以換錢，小柚子知影後，暗中向莫莉爸母報告。阿阮發現原來是小柚子共伊舉報後，就和小柚子起呸面了。

莫莉阿公抵入院第二週過身。

抵莫莉阿公的葬式上，小柚子也共款穿起麻衫，且抵葬式上哞哞哮，讓前來弔唁的人攏以為小柚子才是莫莉阿公的親孫女，另一批人則以為伊是您開錢請來的職業孝女。更誇張的是，小柚子竟也被列抵訃聞上，和莫莉一起列為「孝孫女」。

抵阿公葬式隔日，阿阮則被阿娥送回越南。您對中人之說法是，阿阮已完成任務，亦即莫莉阿公已死亡，不再需要伊了。但事實上，阿娥老早就答應，就算莫莉阿公死後，伊也會想法度予她繼續抵莫莉家幫傭。阿阮根本也無離開台灣之拍算，伊還賺不夠。阿阮離開莫莉家的時陣，不斷共小柚子瞪，嘴裡猶閣唸唸有詞，親像拍算共伊殺死同款。小柚子則牽著阿娥與志遠之手，像個查某囡仔同款，微微踢著腳，誼誼笑看著阿阮離開。

後來莫莉從爸母那裡明白，訃聞上列小柚子是莫莉阿公之堅持，且您也決定收養小柚子了。

小柚子一得知消息，就心花開笑咍咍，後來還淚眼婆娑共莫莉爸母一直講「自己不再孤單了」，接著還落跪，匍匐在莫莉父母面前，不斷親吻他們的腳，是腳欸，並與莫莉相擁。

我當時就感覺莫莉太過健丟。我共伊說，這一切也許攏是小柚子的計畫。但莫莉卻講：「少傻了，哪來什麼計畫？我們也才幾歲。而且我也想不出什麼值得不開心的理由啊，是不是？」

但當時就只有我家己感覺事有蹊蹺。

16. 小潔去動物之家

小潔

就如前面阮說的，小柚子很會共人交陪，伊不僅私下找阿惠出去玩、帶美里去兒童服飾店買莉莉之新衫，還送盈盈新塔羅牌，目的很明顯，就是為討好他。其實伊也曾私下找過我。大概是伊發現，我是唯一沒那麼合意她的人吧。

那日下早仔，我抵家門口食薰，看著朝曦共厝內門埕的羅漢松的葉子照得出光，真水，親像葉子是水做的。也如美里所講的，小柚子雄雄出現在我家門口，簡直像鬼仔同款。伊一看到我就露出興奮表情，親密喊我小潔，然後牽起我的手。我當時著了一驚。

「小潔，我們好像都還不熟耶，」伊說，「今天我們去哪裡逛逛好不好？」我正拍算拒絕時，伊又講：「我帶妳去一個地方，暫且不要問哪裡，反正妳相信我，好不好？」

未等我回答，伊就拉我往前走，抵我家路口等公車。坦白來說，小柚子真的足厲害，態度完全不予人起疑，好像伊就是真心把妳當朋友同款。

等車的時陣，我問伊：「妳按怎知道我住這裡？」小柚子這時提落我嘴邊之薰，抽了一嘴，又把薰塞回我嘴內。

「所有關於莫莉的事，我都一．清．二．楚。」她吐著煙霧、字斟句酌的說。

當時，我沒發現那句話之真正意思，這馬想想還真可怕。

後來阮來抵海濱路的流浪動物之家。那邊附近是一片稻田，幾個身穿藍色鐵馬服的騎士在道路旁騎鐵馬，三、四個騎士在萊爾富前歇睏、　飲料，看來是適合騎車的好所在。日頭光在一大片雲尪空隙中，透出一束束金色光線，親像啥物恩澤從天頂予傳遞下來，使我雄雄想欲講聲「哈雷路亞」。但眼前卻有那麼多的動物予遺忘，予拋棄，甚至予傷害，這「看起來的恩澤」是在哈囉膩？

入去才知影，原來小柚子已預約好了。內面有個中年女人出來親切招待阮。伊是一個消瘦落肉的電頭毛女人，面上掛著笑容，但因太瘦，笑容內卻有種陰鬱感。那動物之家是一個鐵厝，大門周邊畫上很多宮崎駿風格之動物圖像，內底維持得乾淨明亮，若無注意看，可能會以為是一間托兒所吧。小柚子這時共我呲：「不用告訴她，我們只是來看看，沒打算領養。不過當然，若妳想領養也可以呦。」接著阮跟著那女人進去。

一進到屋內，小柚子一睏仔就共我拉到第二個大籠仔前。內面有一隻博美犬，我一看見伊，連鞭流目屎。你娘咧，伊看起就是飛飛。我跍下來，伊馬上走到我頭前。伊把小手伸出籠子，親像愛共我握手。

「妳……是飛飛嗎？」我問伊。

伊發出嗯嗯聲音，袂輸抵說「是」。

「真失禮，我沒有共妳顧好……」

這時伊又發出嗯嗯聲。

小柚子這時過來踮在我身邊，也伸手撫摸伊的手。「好可愛喔……」

那女人向阮介紹，說伊大概三歲半，一個半月前來到動物之家。進前有個人拍算領飼又放棄，嫌棄伊太老。伊已植入晶片，也驅過蟲，一切就緒，就等著新主人，予牠一個溫暖的家。

「伊叫什麼名字？」我問。

「菲菲。」伊說。

「恁娘咧，伊是抵共我滾耍笑嗎？」我當時心想。

「電視主持人張菲的菲，」伊又說，「我們覺得牠的毛髮蓬蓬的，很像張菲，所以取名為菲菲。」

小柚子噗的一聲笑了出來，說：「真的很像耶。」

「我們覺得牠是很可愛的小男生，而且個性極好，不像一般博美那麼神經質，牠很乖喔，也很親人，很惹人憐愛，而且也很健康，妳們有興趣嗎？」伊又問。

「小男生？」我問。

「是的，牠是隻小公狗啊。」伊說。

這時我才清醒。原來伊毋是飛飛。原來狗也跟人一樣，死了就消失，徹徹底底的無去。

接著伊把菲菲放了出來，小柚子將牠抱起逗弄，說它很溫和、友善。牠果然很親人，一面搖尾巴一面親暱舔她。但一予我抱，就開始發神經黑白吠，然後跳離我身軀，跑回籠子裡。

「牠比較怕生，但我想不用太久，牠就會親近妳了。」小柚子趕緊講。

後來我共那中年女人表示阮年紀太小，愛回去問爸母，無法決定是否領飼。伊點頭表示希望有好消息。小柚子這時從衫仔袋內提出六千元，伊共那中年女人講，這是伊進前打工賺來的，想捐予恁，希望對恁有所幫助。中年女人一副驚喜樣，迭聲道謝後，接落小柚子的捐款。

不久後，我們步出動物之家。天邊遠處有片雲，形狀親像飛飛，予我忍不住感傷起來。

之後阮搭公車回到市區時，夜幕已微垂，阮來到北大路的麥當勞吃晚餐。阮坐抵靠窗位置，看著車水馬龍的大街。飛飛之身影不時抵窗邊顯現，予我有淡薄仔傷心。小柚子好像察覺，未多說話，僅靜靜的陪著我。

食抵一半，我去化妝室。一入去時，有個姑娘抵鏡子前補妝。我打開便所隔間之門時，伊忽講：「妳要小心跟妳同桌的那個女孩喔。」我四界張望，確認便所裡只有伊和我，於是問伊：「妳在跟誰說話？」那女孩轉過身來，說：「當然是跟妳！」這時我才注意到，那女孩非常水，不過皮膚足黑，跟黑人同款黑。「跟妳一起坐的那個女生，叫小柚子吧？」伊問。

「妳認識小柚子？」我說。

「很熟呢！」伊又說，「我是她國小跟國中同學，同班超過六年，而且還算她的姊妹淘。她是不是很熱情，心意真切，很好相處，又善良，宛若完美的芭比娃娃呢？大家是不是都非常喜歡她呢？」

我點頭。

「妳是不是也很喜歡她？」

「這……我不知道，但好像不至於討厭就是。」我說。

「我告訴妳，她是一個很可怕的人喔。」

「為什麼？」我問伊。

「妳小心便是。我知道她平常都很正常，但其實她精神有毛病的，哪天妳若惹到她……」

「惹到她會安怎？」

她忽然誇張哈哈兩聲，講：「反正，妳小心點就是。」說完，她打開門，離開化妝室，留下莫名其妙的我。我上完便所，步出便所時，四界張望看伊是否還抵麥當勞內，卻無見伊之影蹤。當時我覺得，我遇到痟人。

我返座後，小柚子忽露出微笑。因剛遇到一個痟人之緣故，我看到小柚子的微笑時掣一越，不禁褪嘴而出：「妳笑啥潲啊？」小柚子也大吃一驚。

「失禮，這只是我的口頭話，我無心的。」我道歉。

「沒關係的。」小柚子說，「不過，我覺得小潔還是少說粗魯話比較好耶。」

「這我改不掉。」我說，「天生的。」

小柚子哈哈兩聲，講：「口頭禪也能天生嗎？這我還是第一次聽見耶。不過小柚子覺得小潔可仿效以前的香港電影有沒有？把粗魯話改成水果名稱，如大蘋果或大芭樂之類的，再慢慢戒除……」

「重點是我不想戒除。」我說，「而且若把『啥潲』改成大香蕉，我感覺好像更慘，根本是性騷擾了。」

小柚子又噗的一聲笑了出來。「小潔真的很幽默耶……」又說：「對了小潔，我有準備一個禮物給妳喔。」

「禮物？」

小柚子點點頭，從包包內提出一個包裹，講：「很開心今天可跟妳出來玩。妳知道，莫莉是我好朋友，一直都對我很好，還不僅如此呢，莫莉父母，尤其莫莉母親，對我恩重如山，我真的一輩子也還不完。所以呢，有關莫莉家的一切，都是我須回報的，包括莫莉的好朋友們，所以我想對妳好。但當然，另一個原因是，我很喜歡小潔呢……」伊把包裹遞予我，又講：「真摯、豪氣的小潔，請笑納！」我沒接話，只接過包裹，打開。我一看到裡面的絨毛小狗時，馬上哭甲目屎四淋垂。

那是飛飛。

所以醫生你就知道，伊是一個多麼善於心計的人，實在是予人懼怕。醫生你說是不是？

那天早時仔，天才露白，小柚子、莫莉和莫莉爸母四人已起床梳妝，準備去戶政事務所辦理手續。四人攏頂真梳妝打扮，尤其莫莉與小柚子兩人穿得像兩個小公主，一藍一紅的小洋裝有影美麗，就像恁當初相送之玻璃天鵝。四人看來歡歡喜喜，像愛去領取什麼獎品一樣。不過抵戶政事務所之時，小柚子看見前來辦手續的自己阿叔時，毛髮立即倒豎，緊緊抓住阿娥之手，好像伊隨時會傷害伊的範勢。坦白說，小柚子阿叔之外表很不討人喜歡，不僅尖嘴巴、瘦面頰，欠缺好幾顆牙齒，又菸不離手，腳下總趿著一雙藍白拖鞋，予人感覺伊是個遊手好閒、不守本分的人。但事實上伊之個性足善良，伊雖說學歷低，是個工土粗人，但一向素位而行，深受同事喜愛，過往也與小柚子老爸感情足好。小柚子老爸死去時，伊簡直悲痛欲絕，要不是他某之緣故，伊本打算好好照顧小柚子母女倆的。小柚子一直以來攏知影阿叔之為人，以前和她阿叔感情猶閣不錯。這下子伊對於阿叔之畏懼感，其實是抵做戲。

志遠也予小柚子騙了。身量頎長的伊，一直向小柚子阿叔傳達一種訊息，親像一副「我是小柚子的新守護者」的態度；阿娥則將手放抵小柚子右肩上，也是一副守護小柚子的模樣。食著薰的小柚子阿叔本想摸摸小柚子的面，問她最近過得好不好，但她馬上退縮到莫莉爸母身後，予小柚子阿叔非常訝異，心內也有寡受傷。但伊也不好說些什麼，畢竟伊對小柚子是懷抱一寡歉意的。

手續辦完後，莫莉看見老母遞予小柚子阿叔一個牛皮紙袋。伊接過紙袋後，不發一語，只再提出一支薰，食了起來，然後用一種難以定義的目神看著小柚子，親像抵質問伊，為何裝做一副驚伊的感覺。

莫莉知影那牛皮紙袋內，裝的是白花花之鈔票，但伊也不感覺有何不妥當，甚至親像足贊同爸母用錢，把小柚子自萬惡之阿叔的手上解救出來一樣。

17. 到底是誰給誰驚喜？

小潔

那時，窗外之天空，還是黑魆魆的。神祕兮兮的莫莉已把阮聚集在粉紅小屋內，面上帶著一抹神祕微笑。原來伊想請阮幫一個忙。阮當然同意，然後異口同聲問伊：「什麼忙？」

莫莉才共阮講，小柚子之生日咧欲來臨，伊想予小柚子辦生日會。接著伊共阮提及，伊以早跟小柚子的故事，也就是那個來不及送出的生日禮物的事，到現在伊依然耿耿於懷，說著說著伊還流目屎呢……

「所以這一次，我一定要好好送小柚子一個最棒的生日禮物！」莫莉講。

阮依照莫莉指示：不向小柚子透露任何訊息，假影袂記得小柚子之生日，並暗地裡準備一切，接著阮會突襲小柚子，予伊一個使伊措手不及之驚喜生日會。其實抵這進前，莫莉阿母就提過，恁將抵小柚子生日時，歸家人去吃大餐，但恰好莫莉爸母該週得去德國參展。本想提前舉辦的，但莫莉說，伊想欲予小柚子一個驚喜生日派對。莫莉老母大為贊同，還大誇「莫莉很棒喔！」因此便將此任務交予莫莉，並講：「一定要讓小柚子開心喔！」

週四時，阮陪莫莉到新光三越買禮物。阮從衫，逛到鞋子，甚至跑到冊店、3C商品店，莫莉一直都攏無滿意，一直講：「怎麼都找不到配得上小柚子姐姐的禮物呢？」後來阮逛到腳酸甲袂堪得，於是抵走道上的椅子稍事休息。

喪氣之莫莉這時哭了起來，講家己以前收了小柚子姐姐的禮物卻未還禮，已夠失禮了，現在猶閣找無適合姐姐之禮物，伊覺得自己糟糕透頂。後來還問盈盈能否問問塔羅牌小柚子喜歡什麼。盈盈則無奈搖搖頭，表示這部分塔羅牌無法度回答。

這時，對面寶格麗專賣店的一個姐姐忽走了出來。抵莫莉面前，彎落腰，問莫莉：「妹妹為什麼一個人在這裡哭呢？有什麼事跟姐姐說好嗎？姐姐會想辦法幫妳的。」

莫莉看一眼大姐姐，梳著整齊包頭、看來和善的伊，面上滿是疼惜。莫莉抽噎著共伊講，家己找不到理想禮物。接著伊揉揉目，看見大姐姐身後美輪美奐之店，問：「姐姐店裡的東西當禮物……好嗎？」

「當然很好呀！我想無論是誰，若收到我們店內商品的禮物，都會很高興吧。我們有珠寶、腕錶、皮包配件、領帶絲巾、太陽眼鏡、香水與保養品等。」伊說，「但是，嗯，姐姐就坦白說，我們店裡的東西價值不菲喔，若真想買，下次找媽媽一起來比較好喔。」

莫莉搖搖頭，講：「我媽媽現在人在慕尼黑，沒關係，我有附卡。可以讓我們進去看看嗎？」

「妳們？」店員大姐姐問。

伊這表情予我足袂爽，彷彿瞧不起阮。我和其他人交換目神，大家攏心照不宣的認為被歧視了。

「對呀，姐姐妳剛說無論是誰，若收到妳們店內商品的禮物，都會開心的。我有一個極為重要的朋友，我得確保她收到禮物會開心，所以我們想進去看一下。」講完，莫莉直直往店內走去，阮也跟著進去。

接著阮抵店內逛了一會。那大姐姐原本抵阮身邊共莫莉介紹產品，但莫莉請伊免介紹，阮家己看就可以。伊點頭後就往櫃台走去，回去時猶閣頻用伊的狗眼看阮。抵櫃檯時，伊即與另一個店員交頭接耳，肯定是抵批評阮。

我擋袂牢抱怨：「莫莉，咱莫抵這間店買吧，她們親像他媽的瞧不起阮耶！」

「就是啊！」盈盈也說。

「我也有同感。」阿惠也說。

美里這時也點點頭。

「但是，」莫莉講，「我很喜歡這裡的東西耶。」說完，伊提起一個藍色包包仔細端詳，「而且她說，無論是誰，若收到她們店內商品的禮物，都會高興的。我想在這裡買最保險了。若我們去別的地方，妳們能確保我買到正確的禮物嗎？」

阮幾人面面相覷。既然莫莉這麼說，阮也只好不再抗議。

後來莫莉選了一副超過三萬元之精美太陽目鏡。伊戴了起來，一面看著鏡子，一面問阮：「好看嗎？」阮說好看。確實好看，那副太陽眼鏡看來非常流行且高貴，戴在小柚子面上肯定非常切合。莫莉便足歡喜的拿到櫃檯結帳。

不過店員大姐姐卻反覆和莫莉確認是否愛這款，好像擔心伊沒錢付同款。但莫莉才不在意，僅靜靜提出大來卡附卡。那大姐姐馬上露出諂媚表情，頻和莫莉道謝。只不過伊進前的表情有影予人怒火中燒。我感覺莫莉真戇，是我才不跟瞧不起家己的人買物件呢，猶閣予伊做業績，真戇！結完帳，阮出去的時陣，我忍不住轉身對她比中指。

後來，阮去一間可印照片的雞卵糕店。莫莉提出一張她和小柚子合照予頭家，除請伊將照片印抵雞卵糕上之外，並愛伊寫上「Sister」，還直交代：「一定要做得完美喔。」

現在想想，莫莉對小柚子真他媽之好，這一切太不值得了！

接著抵週五暗時，莫莉和小柚子講，伽三班的人隔日得開會，可能週六晚上才回家。正在念冊的小柚子僅冷冷說聲好，但過一會又問莫莉：「討論什麼呢？」幸好莫莉早有準備，便回答伊，得討論班遊的事。小柚子又問：「妳們有班遊？」

莫莉嗯了一聲。

小柚子起身去便所，回來後又若無其事的確認：「真到明天晚上才回來？」莫莉點點頭，卻險險噗哧而笑。

小柚子後來沒再問，僅提起手機，回到家己床上，用棉被把家己蓋起來。

莫莉見狀，認為小柚子一定是以為家己忘了伊生日而失落萬分。伊當時感到不捨，足想過去和伊講：「我才沒忘了姐姐生日呢！」不過為營造驚喜，伊必須忍耐。

隔日，抵晨霧瀰漫的透早，莫莉與阮抵粉紅小屋內會面。阮抵內抵食完早頓，十點時陣，莫莉打電話叫車。接著阮步出粉紅小屋，爬上一旁小路，抵河上的橋上等車。這時一輛卡車駛來，地跤予震得塵土飛揚。不到五分鐘，計程車抵達。之後阮到市區，買了一些彩帶、雞胿仔等，後來到雞卵糕店領雞卵糕。莫莉看到雞卵糕上家己與小柚子的合照，感到足滿意。

「做得非常好耶！真是太感謝了。」莫莉跟雞卵糕店頭家講。

後來下晡一點時，莫莉敲電話予小柚子，確認伊抵厝之後，阮就搭上計程車，準備回莫莉家予小柚子驚喜。我猶記得莫莉一直說：「這一定會是一個極為成功的驚喜生日會！」

抵厝時，莫莉先悄聲入屋，確認小柚子無抵客廳後，阮才入來，趕緊把客廳布置好。阮抵客廳掛上彩帶，吹了幾個色彩繽紛的雞胿仔，接著把上頭寫「小柚子十六歲生日快樂」之橫幅掛起來，再將粉紅色蠟燭插上雞卵糕後，擺上桌。

確認一切就緒後，莫莉屏聲斂氣、躡手躡腳上樓，拍算請小柚子下樓。期間伊感覺家己緊張到肚內親像有蝴蝶抵飛同款。不過隨後伊思量，主角又不是我，創啥緊張呢？想到這，還不禁噗嗤一笑。

伊來到家己與莫莉之房門前，深吸一口氣之後，共房門打開。

（這時，小潔忽然一面尖叫，一面用拳頭敲桌，一次二次三次，指甲都給敲出血了。發問者嚇了一大跳，攫住她的手。小潔用漲紅的雙眼瞪著發問者，像要殺他一樣）

你共我的手放開！

發問者：請妳稍許冷靜，只要妳冷靜，我就放開妳的手好嗎？

我那時的憤怒親像現在，甚至比現在憤怒百倍、千倍、萬倍……狗男女、賤男女、天殺的、他媽的爛人一對……若是會使，我真想提刀仔直接把他們給宰掉……我絕非講笑的，要不是她們把我勸下，要不然今天殺人的就會是我……狗男女、賤男女、天殺的、他媽的爛人一對……爛人一對……

（這時小潔將手用力自發問者的手裡抽出，手往胸口一擦，一道血痕立即在白色衣服上顯現。她接著拿出一根菸來抽，吞吐幾次後，才漸漸平靜下來）

（小潔嘆了一口氣後，繼續說……）

莫莉上樓後，澈底崩去了，甚至還暈倒，毋知人。阮抵伊房內守候許久，伊才甦醒。莫莉醒來之後，看見抵一旁做伙守候的小柚子和勇兄，忽然吱吱叫。聲音之淒厲，面貌之猙獰可怕，予阮攏大驚失色。阮趕緊問莫莉怎麼了，伊卻大聲喊，要我把「他們」趕走，伊不想見到「他們」。當其時我還反應不過來，少頃才知影莫莉所指的「他們」是勇兄和小柚子。「叫他們走……叫他們走……叫他們走……」莫莉不斷尖叫。我你娘咧就朝恁呼吼，把恁推走，並要恁麥擱出現在莫莉眼前。

發問者：當時發生了什麼事？

小柚子與勇兄離開後，莫莉情緒依然不穩定，一直哭。我真誠按捺不住，於是飆罵莫莉：「妳他媽的到底發生了什麼事？妳不說，阮按怎幫忙！」莫莉才抽抽噎噎的告訴阮，拄才發生的事……

反正你娘咧，那對狗男女竟在莫莉房內打炮，而且他媽的還在莫莉的床上！我聽到時心狂火著，小柚子居然私下跟勇兄交往，猶閣抵莫莉床上做那種代誌！後來我實在氣不過……

發問者：妳做了什麼？

（小潔臉上這時出現一陣冷笑）

替莫莉出氣啊！不然咧？我隔日偷偷跑去勇兄的台灣大學的停車場，把伊的車子輪胎攏刺破，猶閣用螺絲起子抵伊的車上刮上「王八蛋」三個字。我實在氣不過。這查埔未免也太爛了！

發問者：只有這樣嗎？

不然還能按怎？你他媽的懷疑我嗎？我他媽是很樂意殺小柚子，只是予莫莉搶先一步了。

發問者：不，我不是懷疑妳。不過據我所知，警方手上掌握一些證據，好像是妳傳訊恐嚇勇哥和小柚子，說「狗男女不得好死」、「賤人注定慘死」等等。

按怎？那難道有罪嗎？我沒指名道姓，恁若對號入座，我又有什麼法度？而且不得好死、慘死等，難道就是恐嚇嗎？那不是恐嚇，是詛咒！我還真希望跟盈盈學來詛咒的本事，我就會當他媽的咒死那對狗男女了……

（發問者未繼續接話）

（小潔這時抽口菸）

（一陣沉默……）

反正之後情況就失控了。莫莉成天抵房內撕心裂肺的慟哭，阮試圖安慰伊，卻一點效果也無。

「小柚子明明說自己對勇哥沒感覺的，」莫莉哭著向阮說，「為何又跟勇哥在一起呢？而且每次上課時，勇哥都專心一致的看著我，他明明是愛我的……而且上次在他車上時，他明明說我很可愛的……」

盈盈撫慰的說：「我們上次在粉紅小屋時，我也覺得勇哥是愛妳的，我們從他注視妳的眼神就知道了，跟看我們的眼神是截然不同的。塔羅牌也是這麼預告的啊……莫莉妳別傷心，也許一切還有轉圜的餘地……」

後來阿惠私下和阮講：「不過我覺得很奇怪，莫莉說看見他們做『那件事』，但我們也很快上樓，卻未見他倆衣冠不整。這些事都還疑點重重，或許我們應先搞清楚才對。」

當時阿惠的那些話予我憤怒不已，差點共伊揍落去！伊真真正懷疑莫莉，敢講，伊以為家己是柯南嗎？「阿惠，妳他媽的到底是誰的朋友？」我當時很袂爽的質問伊。

（這時阿惠一臉尷尬神色）

後來莫莉還是一直哭，又不說話，阮他媽的束手無策，也只能抵一旁安靜的陪她。

莫莉忽說家己想飲酒，阮於是抵7-11買了一寡啤酒。那晚，阮就陪著莫莉抵伊房內過夜。阮一面喝著啤酒，一面大聲咒罵小柚子，說伊是個涎皮賴臉的賤人、是個放蕩的婊子，然後說伊不得好死諸如此類的。醫生你知影，就算關上那道木門，小柚子依然可聽見阮的聲音，而且一．清．二．楚。

後來阮喝到神智渙散，甚至親像消失一樣。

那是阮第一次喝酒醉。

莫莉不想再看到勇兄，於是抵爸母從德國回來後，就和阿母講家己不再需要課業輔導。莫莉爸母足納悶，一直問莫莉：「真的要取消家教嗎？……萬一功課掉了怎麼辦？妳很快就要考試了，爸媽都希望妳能進入好大學。」但莫莉講，就算上家教，功課一樣會掉，就別再浪費錢了。莫莉爸母還問小柚子意見，小柚子則用非常無辜的語氣說：「我尊重莫莉的意見。」最後敵不過莫莉要求，也只好請勇兄不必再來。

此外，在那之後，莫莉抵家就把家己澈底當做隱形人。除食飯外，足少步出房間。不過，小柚子抵莫莉爸母面前，依然是上乖巧的查某囝仔，抵餐桌上不斷和莫莉爸母分享學校發生之趣事，三人甚至時常聊到忘我、聊到哈哈大笑，親像電影裡的完美家庭一樣。食飽後小柚子也總吵著幫忙洗碗——自阿阮回越南後，小柚子宛然成了新女傭，不但幫忙莫莉老母煮飯，也會洗衫，清掃家裡等。但伊他媽的早知影莫莉家很快會有新女傭——伊只是假影勤奮而已。有回更誇張，小柚子食著阿娥炒的高麗菜時，忽然流目屎，講那味道太像玉卿的手藝了！猶閣一直講予伊懷念起，以早和媽媽在台北租屋之日子。伊和莫莉爸母說：「雖然那時日子過得清苦，不過因為是跟最愛的媽媽在一起，卻也非常幸福。」接著三人就抵餐桌上，無比感傷的談起和玉卿有關之往事，後來就連志遠攏擋袂牢流目屎，直誇小柚子真是難得一見的好細囝……阮可憐的莫莉，每晚就得看著怹三人演著這同樣噁心的戲碼。

另一方面，莫莉爸母卻完全無察覺莫莉心情的改變。不過這並不使人料想袂到，畢竟莫莉爸母一向不在意她，而且抵那時，小柚子的課業表現又再進一步，不但抵校永遠第一，還把第二名遠拋在後。學校老師攏說她能上台大。不過小柚子的目標是韓文系，未來目標是政大；這馬只靠自修，就能聽懂八成之韓劇，予阿娥非常佩服。阿娥還和小柚子講，未來她若上政大韓文系，抵開學前之暑假，將支助伊到韓國遊學一個月，而且伊也會陪同。小柚子聽罷，當場對著阿娥又親又抱的。醫生你知影嗎？上殘忍的是，那時莫莉也在場，被迫看著家己老母誇獎搶走自己心愛男人之情敵。你講看看，莫莉是不是真他媽的足可憐？

依我判斷，我認為小柚子他媽的太可怕了！不僅鳩佔鵲巢，還假扮鵲，打算澈底取代莫莉。而伊之方法就是予莫莉身邊的人攏愛上她，包括莫莉爸母，以及莫莉阿公和阿阮，就連快樂也不放過！後來肯定是伊發現莫莉喜歡勇兄，才故意勾引勇兄，把勇兄搶來家己身邊。伊就是愛奪走莫莉的一切！

小柚子真他媽的太可怕了！

18. 面談之中

這時，發問者感覺空氣中濕氣增加很多，不禁打了個噴嚏。果然下一秒，他聽見雷聲，砰訇砰訇的，聲音大得不禁讓人懷疑，外頭有人讓雷給劈死了。

少女們接連尖叫，連最男孩子氣的小潔也不禁發出比較man一點的尖叫聲。

但下一秒，雷聲戛然而止，大家面面相覷，啞默無聲。隨即又襲來一陣地震。發問者覺得至少有三級吧。阿惠的《第六病房》掉到地下，盈盈差點被珍珠噎到，美里則躲到桌子底下去了，小潔基本上沒事，只是忙著尖叫，這會兒卻叫得比誰都女性化。

發問者急忙安慰她們，說：「老天是不會懲罰善良的人的，別擔心，只要我們行得正，坐得端，就不必害怕老天！」

但小潔很快鎮定下來。她點燃菸，用力吸了幾口，問發問者：「若是按呢，因天災而死的人攏是罪人？你是這個意思嗎？使恁娘咧！」

這時氣溫又再降了一些，隨即下起傾盆大雨，嘩啦嘩啦的。

19. 半夜的恐怖小丑

盈盈

發生那件事後，小柚子不斷厚臉皮Line莫莉，一直跟她解釋自己跟勇哥之間毫無關係。當天她只是與勇哥在房內討論一些事，至於討論什麼，她則不能說。但一直強調是莫莉誤會他們了。

莫莉還讓我看小柚子傳來的Line。噁心巴拉的小柚子說，自己一直以來就把莫莉當妹妹，而她母親也是自己母親的摯友，她覺得她們之間有無比深切的緣分；莫莉是她在這世上最不願傷害的人。最後她在Line上深情逾恆的問：「莫莉，我們還能是姊妹嗎？」夠噁心吧？小柚子若沒死，未來毫無疑問就是金馬獎最佳女主角了。

小柚子澈底傷透莫莉的心，莫莉不再跟小柚子講話。她不僅把她們房間中間的木門關上，還鎖上。醫生你知道嗎？厚臉皮的小柚子曾多次試圖開門。她知道門被鎖上後，依然不放棄，三番兩次在房外用瓊瑤式台詞說：「莫莉，讓我跟妳解釋好嗎？妳給我機會解釋好嗎？……」後來還故意哭給莫莉聽呢！

但坦白說，當時的我因尚不清楚小柚子的真面目，居然也被小柚子給矇騙了，畢竟她的態度加上她的美貌，誠然讓人覺得她對莫莉是赤心相待的。醫生你知道，我那時真以為是莫莉誤會小柚子，還曾在莫莉面前替小柚子緩頰，現在想想還真噁心呢……

一晚，小柚子又在莫莉房門前敲門，一面溫情喊話。但莫莉堅持不開，她真無法原諒小柚子。莫莉認為小潔說得對，她分明是不愛勇哥的，還曾說自己討厭像勇哥這種男生，她認為小柚子只是為了搶走她一切，才故意跟勇哥在一起的，然後明明被她發現跟勇哥在一起，卻一直否認，還說是她誤會。

「對，沒錯，」她想，「小柚子的確忌妒心很強，她想搶走我的一切。」

之後她又想起那晚的塔羅牌。「塔羅牌明明說我跟勇哥是有機會的啊？難道是盈盈算錯了嗎？還是這機會被小柚子破壞了嗎？難道小柚子就是塔羅牌所說的『障礙』嗎？若是，我該怎麼辦呢？勇哥的眼神……還有勇哥每次回我Line的速度……還有勇哥說我很可愛……不……勇哥是愛我的……」

莫莉當晚腦內烏七八糟的，不斷自我辯論著勇哥是否愛自己。

後來，莫莉感到自己就快崩潰，於是吞下一顆母親的安眠藥，再灌下一口酒，不久後睡著了。

但沒想到，那晚竟發生令人膽裂魂飛的事……

莫莉入睡後不久，便聽到詭異的嘎吱聲，像極了老鼠的磨牙聲。害怕老鼠的她，陡然坐了起來，四處張望，卻不見老鼠蹤跡，但嘎吱聲卻持續著，伴隨著自己乾澀的心臟聲響。這時她才看見，原來是有隻沾滿鮮血，且有著長黑指甲的手，正緩緩拉開自己與小柚子房間中間的木門……莫莉嚇了一大跳，聽見自己心臟砰砰跳的聲音，她想叫，卻發現自己喉嚨彷彿乾到龜裂般，無法發出聲音。當門被拉到底時，一個身穿紅點白衣的小丑，從門邊橫著走了出來，並以背影朝著莫莉，一面吹著口哨。小丑的頭往下看著，從莫莉角度看去，像一個無頭小丑。這時小丑打了一個響指，開始往莫莉方向倒走，抵達中間時，忽靜止下來，口哨聲隨之停止。但不久後，小丑開始以古怪姿態，扭動著身體，同時以奇怪節奏拍手。

啪－啪啪——啪－啪啪啪啪啪——

啪－啪啪——啪－啪啪啪啪啪——

莫莉膽顫的問：「你是誰？」

那小丑未回話，依然用奇怪姿態扭動身體，一面拍著手。

小丑這時轉身，原來她是化著濃厚小丑妝、頂著一頭爆炸金髮的小柚子。

莫莉又再說：「你到底是誰？」

小柚子露出燦笑，說：「莫莉．是我！」她聲音聽來古怪，像鸚鵡，「莫莉．是我！」她又再說一次。

下一秒，小柚子以滑雪之姿，砰砰幾聲大步向莫莉跑來，莫莉眼見她就要撞上自己，嚇得以本能反應閉起雙眼。但小柚子未撞上她，且這時忽全然安靜下來，悄無聲響。過了幾秒，莫莉說服自己這一切是幻覺後，才睜開雙眼，卻看見小柚子化著濃厚小丑妝的臉，貼在自己臉前約一公分距離。

莫莉嚇得倒抽一口氣，宛如晴天霹靂般的驚恐震撼著她的五內，冷汗從她背部滲出。

下一刻，小柚子「嘻嘻」兩聲，然後站直身體，從身後抽出一把尖刀，刀鋒發著令人害怕的冷光。她以舌頭舔了一口刀鋒，上面立刻滲出血來。驚恐至極的莫莉這時依然想叫卻叫不出聲。

小柚子這時用手上的黑指甲，刮了莫莉的臉一下，莫莉臉上傳來一陣刺痛，感覺有液體從臉上流下……但莫莉分不清那液體究竟是自己恐懼的淚，還是血。接著小柚子把食指豎立，按在莫莉嘴上，說：「噓……」莫莉這時發現自己不僅不能叫，全身也動彈不得，好像被綁住一樣。

小柚子這時又將臉貼在莫莉臉前，依然用類似鸚鵡叫聲，低聲說：「莫莉，妳不用．試著叫喔，也不用．掙脫，而且．我們的爸媽．就在．外頭睡覺，吵醒他們．就不好．了喔，我．們都是．乖寶寶，我．們都．很愛他們，不．是嗎？而且．我剛才在．我．們的媽．媽替妳送．進來．的餐點的牛奶裡．摻了藥，妳現在．就算想動．也動不了。」小柚子說到這時，嘻嘻笑了兩聲，又說：「我告．訴妳．莫莉，我從小．時候就好忌．妒妳，妳有玩不．盡的玩具，妳有好漂．亮的房間，妳有．世．界上最好．的父母。我告訴．妳，我真的．真的好忌．妒妳，不過妳別．擔心，我會慢．慢奪．走妳的一．切，包括妳．父母，妳的．家，還有妳．最愛的……勇．哥……」說完，小柚子發出尖銳笑聲，使勁把刀子往床鋪上一刺，拔起來，再刺……連續幾次相同動作後，才心滿意足似的，踏啦踏啦走離莫莉房間。

醫生你知道，我不是笨蛋，對於小柚子假扮小丑的事，我當然有所懷疑，畢竟這一切太像恐怖電影的情節了。我當時想，莫莉所言所語會不會只是她的幻想？畢竟她與小柚子房間中間的那道木門，早被上了鎖——還是小潔親自鎖上的呢，而鑰匙可是藏在極為隱密的地方，任誰也找不到的——所以小柚子基本上是不太可能進來的。

但另一方面，確實也有可能是壞心眼的小柚子搶走勇哥，又裝神弄鬼嚇唬莫莉，並在眾人包括莫莉面前裝無辜。就像小潔所說的：「小柚子試圖用雙面手法逼瘋莫莉！」

但當時的我實在太過單純，天真的以為，小柚子應不至於這麼可怕吧？而且塔羅牌也告訴我，小柚子的心地不壞，甚至是個極度善良的人——我雖也不願相信，但塔羅牌確實如此指示。

後來我私下跟阿惠討論，我向她坦承，我認為莫莉所言也許不足採信，極有可能是因情傷而產生妄想。沒想到，阿惠聞言後，鬆了口氣，並跟我坦承，勇哥與小柚子私下找她討論關於莫莉的精神情況的事。

但我聽了更加納悶，畢竟這些事發生以前，莫莉可是很正常的，也不曾自言自語呀！為何他們之前就說莫莉有問題呢？到底是誰有問題？莫莉有精神病？還是小柚子真是雙面性格？甚至串通勇哥來傷害莫莉？這……真有可能嗎？

但從另一面來看，當時小柚子並未真正傷害莫莉，或該說，我們找不到確切證據。對，確實，我們在莫莉床上看見刀痕，跟棉被上幾滴血跡，但坦白說，那是任誰都可弄出來的。重點是，這世界的人都如此肯定小柚子，就連塔羅牌也是。這麼好、幾乎完美的人，真有可能如此可怕嗎？

醫生你也知道，當時我們也尚不清楚小柚子的真面目，對於小柚子的「誤解」，也是勢所必然的。當然若以現在來說，我們已更進一步理解這世界了。

世上真的就是有這麼可怕的人存在的。

20. 神祕的小潘

阿惠

如前所說，直腸子的小潔是最有義氣的人，從不曾懷疑莫莉。我跟盈盈則認為尚不能摒除其他的可能性，只是我們得慎之又慎，以免小潔抓狂。

一日在小屋裡，我安排盈盈故意旁敲側擊的說：「依莫莉的形容判斷，小柚子若非故意嚇唬莫莉，就是她本身是精神分裂，是個神經病！」

其實對於精神分裂，現已稱思覺失調，我是有所研究的。醫生你別誤會，不是我對這課題有興趣喔，我沒要搶你飯碗的意思，而是我曾經歷過。之前跟醫生說過啊，以前我母親曾帶我去旅館燒炭；雖幸運獲救，卻有後遺症，致使我跟自己的精神曾一度「失聯」。在燒炭事件後，我常在半夜做奇怪的夢。那夢通常是我被鼻腔裡的一陣莫名其妙的烤肉味給喚醒，之後毫無來由的，我覺得母親隨時會再帶我去死，所以我到廚房拿把刀，再款款移步到父母房間，站在熟睡的他們面前，兩眼圓睜看著母親光滑的脖子。那都是恍恍惚惚的，像夢卻也不像，因某些細節太清晰了，例如我記得自己看得見母親眼罩上的英文字母，床被上的花紋，也聞得到電蚊香的香茅味道（香茅與烤肉味混在一起，味道的奇異又更上一層了），但卻無法知道真實於否；能確定的僅有，我有股莫名怒氣，認為自己得割開母親脖子，殺了她，我才能安全。

這夢通常莫名其妙結束於我站在他們床前發愣之時。

後來一次，夢境中在父母床前發愣的我，恍若醒來了一樣。耳邊一個聲音告訴我：「割吧割吧割吧為了真理為了公平為了正義……」我也不懂那聲音的意圖，但那聲音很有力量的，極具說服力，迫使我真往母親的脖子割去。唰的一下，我感覺手裡的刀穿透了皮膚、脂肪、血管、神經和肉等組織，她的脖子立刻出現一道類似微笑的血痕，下一刻，微笑立即吐出血舌，但在血液噴出之際，我才發現那個女人不是我母親，而是另一個似曾相似的女人，但我想不起她的身分。噴著血的她痛苦透頂的看著我，雙眼的血絲彷彿蠕蟲一般顫動著，她一雙沾滿血的手一直往我的臉抓來，像溺水的人想抓我同歸於盡，又似乎想用指甲抓破我的臉復仇。起初我內心是近乎狂亂的悚懼，但不久後，她力氣耗竭，缺乏力量的復仇之抓，反而像在幫我抓癢。不知為何，我覺得她的模樣十分滑稽，還不禁啞然失笑。之後，我好像又甦醒了一次。這次醒在媽媽的懷裡。我看見她頭頂上暈散著一圈又一圈的黃金光圈，恍若觀世音。她一臉慈悲的看著我，嘴裡還哼著聽來像佛經的歌。我當時很欣慰，原來我沒有殺人耶，媽媽還活著。而且我穿著一件潔白無瑕的白色洋裝，一點血也沒有，身上還有股蓮花香。後來媽媽跟我說：「沒事了沒事了，別怕，睡吧，我勇敢的乖女兒……」隨著那股蓮花香，以及媽媽嘴裡輕柔的類佛經之歌，致使我感到一股前所未有的輕鬆，之後便安然睡去了。

在那之後，不知什麼原因，母親帶我去看了精神科。一個臉頰極其消瘦、神情看來總是苦悶的女醫生說我有病，讓我吃了幾年的藥，後續針對這些夢的記憶蕩然無存。然而這些記憶卻像腦裡一張原本被扔掉的、破碎的畫，對情緒而言，沒有什麼波瀾起伏，所以未影響我，但它們就是存在的，我有自覺的，但或許是存於潛意識裡，所以平時無法想起它們，只是偶爾不知為何，它們猶如古代記憶殘片般，東一片西一片的回來；那是一種切切實實的感覺，但說真的，我卻完全無法確定那一切是夢或現實，甚至是否看了精神科醫生，是否吃了藥，都無法確定。

我故意讓盈盈提到精神分裂，主要是，我認為莫莉或小柚子兩者其一可能有病，她們甚至也可能像我一樣，對自身問題毫無意識。我接下來跟小潔說，我們得保護莫莉。但不是純替她出氣的保護，那太蠢，且不健康，我覺得我們必須找出真相。若小柚子真如小潔所說，用雙面手法傷害莫莉，那我們當然得替她出氣，但若非也，這一切若是因小柚子的精神分裂，或者呃（當時我跟阿惠互換眼神）……是莫莉本身有幻想症，我們就應找專業心理或精神科醫師——當然勇哥是不行的——來幫忙她們了。

但小潔聽了卻暴跳如雷，說一定是小柚子的問題，不是她有病，就是她是個喜歡折磨人的變態，又說我不該質疑我們最好的朋友，甚至氣到哭了——那還是我第一次看到小潔哭，簡直可用鬼哭神號來形容——差點把我嚇死惹。其實以朋友立場來講，小潔是對的，我們的確無論如何都該支持自己朋友，何況莫莉以前都曾幫過我們。

等小潔較為冷靜後，她跟我們提到一個神祕女孩。就是之前跟小潔說小柚子的精神有毛病的那個女孩，醫生你記得嗎？

（發問者這時點點頭）

小潔認為她可能是唯一知道小柚子真面目的人，也可能是唯一能助我們釐清真相的關鍵人物。要找她不難，小潔記得她說自己是小柚子國中同學，又記得她膚色如黑人一般黑。我們於是叫車去台北，到她以前就讀的○○國中，找來小柚子的畢業紀念冊。果然就在紀念冊上看到她照片。原來她叫「小潘」，畢冊上還有多張她與小柚子的合照，感情看來非常好。接著我們google她本名，很快找到她的臉書。我們立刻傳私訊給她，並表示想約她見面聊聊小柚子。她原本拒絕，說自己怕極了小柚子，並擔心說太多，小柚子會對她不利。她希望我們不要害她。但在我們千拜託萬拜託下，並向她解釋莫莉的事後，她才勉為其難應允。但她強調，自己純是不希望再有其他受害者，才答應會面的，且只願與一個人見面，又須在隱密場所。大家於是推派我跟她約在粉紅小屋裡會面。

約定時間是下午。

身穿紅白條紋洋裝、搭配黑色涼皮鞋，手拿一個超大鮮紅色包包的小潘很早抵達。她膚色果然非常黝黑，在陽光下，黑得發亮，像飽滿新鮮的黑李子；頭髮才剛做離子燙，筆直洩下，像圍上一圈黑紙。此外，她還化了厚重的妝，尤其藍眼影與鮮辣的紅唇色，非常大膽。她外型與氣質都像真正黑人，但美麗不受膚色影響，依然突出，感覺她若與小柚子站一起，就是一對少女偶像團體，或像黑白無常可愛少女版。不過若認真說，以臉蛋來講，小柚子當然漂亮太多。

我跟她打招呼，自我介紹，她則對我無奈苦笑。那無奈是非常深層的，說明了她的為難。一進粉紅小屋，她再次強調，她真不願來的，又說自己雖跟小柚子斷絕來往，但也不想隨便說她的事。原因跟道德無關，純粹因小柚子是個很可怕的人。

「我擔心小柚子又傷害我，」小潘說，「所以妳絕不可讓小柚子知道我們曾見過面，好嗎？」

「妳別擔心，」我說，「我們絕對保密，我們用我們的人格保證。」就算我這麼說，小潘依然一副擔憂神情，並向我再三確認我絕不會洩漏後——由此看得出，她有多恐懼小柚子——才開始談小柚子。

「我們以前很要好的，像親姊妹一般。妳也知道，小柚子本人實在太討人喜歡，能跟她當上朋友，我覺得既幸福又幸運，我一直很珍惜。我們感情生變，是在小柚子交了男朋友後開始吧。那是一個國三男孩，是個壞小孩，騎那種會鼽鼽叫的摩托車有沒有?之後，她就每天跟他出去玩，很少跟我來往了。有一次，我偶然遇到她，嚇了一大跳。她樣子完全變了。她坐在便利商店前抽菸、一手還拿著啤酒，染一頭金髮，又穿耳洞，旁邊就站著她男友。兩人旁若無人似的用手機聽著超大聲的台式電音。我跟她打招呼，她完全不理我，非常自然的忽略我……」說到這時，她停了下來，臉上彷彿出現落寞表情。恰好熱水滾了，壺蓋發出愜意的聲響。我把熱水注入咖啡壺，再斟了杯熱咖啡給她。她接過咖啡，並跟我道謝。咖啡沁人心脾的香氣這時漾滿小屋。

「要奶精嗎？」我問她。

「黑咖啡就好，」她搖搖頭，喝口咖啡後，又問我，「妳應也看過她的刺青吧？」

我點點頭。

「她那刺青好像就是那段時期刺的。我是說真的喔，小柚子以前是很乖很乖的，循規蹈矩，就連上課都不敢舉手去廁所的那種。我甚至懷疑她是人格分裂。畢竟人是很難在如此短的時間內，改變得如此澈底的吧？」小潘問我，未等我回應，又說：「如剛跟妳說的，小柚子自從變得愛玩後，我們就停止來往，我當時還很傷心。但有一天，我補完習回家，小柚子忽出現在我家門口，我當時又感到錯愕，她不僅把頭髮染回，還一身整齊制服，跟我說：『小潘，我現在想讀書，我們可一起讀嗎？』我當時很意外，不過當然說好。我還問她為何忽然來找我，她只搖搖頭，無所謂的說：『突然？哪裡突然？我們不是好朋友嗎？』我說：『喔對，沒錯啊。』小柚子就笑了出來。」

「講到這，我其實很佩服小柚子。她一旦決定讀書，就變了一個人，不只認真念書，個性也有很大改變，就連我爸媽都誇她呢！可惜妳不認識我爸媽，要不妳就會知道，被我父母誇獎是多麼不容易的事。此外，小柚子自此課業突飛猛進，甚至還贏過我呢！可是後來我的運氣比較好，考上了〇〇女，她卻只上了〇〇女高。」

「在放榜當天，小柚子就崩潰了。她隔天又把頭髮染成金黃色——其實我也不懂換髮色是什麼目的——接著就發瘋似的指控我作弊，到處跟老師、同學講，甚至寫信到大考中心指控我。但我沒作弊，事情當然不了了之。那些不實指控讓我生氣又傷心，打算跟她斷交。之後她天天Line我，要我別高興太早，還去買紙紮娃娃，在娃娃臉上貼上我的照片，用針刺我。她毫不避諱喔，甚至把這些過程用手機錄下，Line給我，寫：『哈哈哈，妳就要死了。』我當時很害怕，請她停止，否則我要報警。但隔天，她發現紙紮娃娃沒用，於是跑來跟我道歉，頭髮又染成黑色了，叫我不要報警，她只是一時被心魔控制了，求我繼續跟她當朋友。我當時也信了，現在想想還真笨。」

「幾天後，我以為她正常了，我們又當回姊妹。不過一開始，她確實如往昔那般好相處，彷彿什麼事都沒發生。一天，她邀我去她家吃飯，說要下廚招待我。妳知道，她母親是做『那個』的，完全不顧家務，所以小柚子經常自己煮飯，確實是個厲害廚師。我也不疑有它。到她家時，身穿圍裙的她熱情招待我，並要我坐在客廳等候，不肯我進去幫忙。不久後，小柚子拿著兩個大碗走了出來。『先喝湯吧。』她笑著說。我也不疑有它，伸手去接，結果她就把碗裡的液體灑在我手臂上。那是剛煮滾的熱油耶。我一面哀嚎，同時發現她頭髮又是金色的，才知道原來黑髮只是一頂假髮，此外，那時我才真正看見她的眼神，變得好奇怪，就像白紙塗上的兩個黑洞，毫無生氣，僅剩一種毀滅感。接著她吼：『憑什麼妳能讀○○女而我不能，妳這賤人，是不是妳搞了什麼把戲，害我上不了○○女的？』那時的她好可怕的，根本不像她，像被惡魔附身，臉上表情極度猙獰。她原本打算用另一碗熱油澆我頭皮，幸好我跪下來求她，向她磕頭，跟她說我不去讀○○女，請她放過我，她才好像忽然醒悟，彷彿不知道發生何事一樣。她疾忙跟我道歉，態度極度真誠，還撫胸，一副好心疼的樣子，接著打電話叫救護車。在醫院時，她用關懷備至的口吻跟醫護人員說，是我不小心燙到自己，請他們趕緊救治我，又轉身低聲跟我說：『小潘，若妳跟任何人透露事實，我不會放過妳。』接著又露出甜笑，說：『還有，妳答應我的事，不要忘記喔。』說完，她就跑去跟中年醫生談論我的傷勢。長得漂亮的她隨即攢起眉來，一臉憂慮。醫生見狀，除心生不憐外，還直誇她真是個好朋友，請她不必擔心……」

「所以，這就是為何後來我不敢讀○○女的原因。」小潘說。

我聽了小潘的說詞後，感到恐懼不已。小潘還把衣袖掀起來，底下是令人頭皮發麻的燙傷疤痕。小潘看見我臉上的恐懼，露出微笑，若無其事的將衣袖蓋回，說：「所以呢，我個人認為小柚子……她有很可怕的精神病，但因她外在展現的一切是完美的，世人無法判別她的異常；她的精神病是最可怕的那一種，惡是藏在她性格流在她血液寓在她身體裡的，她就是惡，完美而討喜的惡，她是真正的惡女……」說完，她把殘餘咖啡一飲而盡，並請我們多小心。

在小潘離開後，她們幾人立刻進小屋。然而這訊息實在太震撼，除了小潔一雙滿含責難意味的雙眼一直瞪著我外，面如土色的我們相望無語，僅聽著外頭這新竹特有的九降風，不斷颯颯吹襲著小屋。

我忽然有種我們幾個掉入了一個無底的井裡的感覺。

那晚下著雨，小柚子回來時，全身溼淋淋的。阿娥見狀，趕緊拿大毛巾替她擦拭，驚訝的發現她在哭。阿娥關心的問她發生什麼事了。小柚子說自己犯了錯，可是不知如何啟口。她說這話時低著頭，愁冗冗的樣子非常惹人憐。阿娥問小柚子犯了什麼錯。小柚子卻不敢說。在後院剛抽完菸的志遠也過來關心。過了好一會，小柚子才囁囁嚅嚅的說，自己談了戀愛，而對象就是之前來家裡替她們家教的志勇，但現在是錯誤的時間，她該讀書，不該做這件事，說完，她便開始抽噎。阿娥和志遠互看一眼，表情難以定義。沒想到下一刻，阿娥笑了出來，說：「這哪裡是什麼錯誤呀！」小柚子裝做一副始料未及的樣子。

志勇與小柚子，在莫莉父親眼裡，他倆一個是名校書卷獎的優異學生，另一個是功課優異的高中生，兩人簡直是超級可愛的情侶。

「儘管未成年，但這也無關痛癢，以前我也是很早就談戀愛，甚至還比妳早，還不是一樣考上名校。」志遠粲然一笑，「時代變了，我們不是老古板，別擔心。」

莫莉媽媽則更誇張，聽聞小柚子的坦承後，忽擁抱小柚子。

小柚子這時抬起頭，淚眼婆娑的問：「阿姨跟叔叔不生氣嗎？我隱瞞跟勇哥交往的事，而且我年紀這麼小就談戀愛……」

阿娥這時忽然噘起嘴，嗔怪的說：「生氣，當然生氣！但不是氣妳跟勇哥交往的事，而是妳到現在居然還喊我們『叔叔阿姨』！我們已收養了妳，妳早該改口了！」

「對不起，爸比、媽咪。」小柚子說。阿娥聽聞小柚子喊自己「媽咪」時，眼淚撲簌簌流了下來，說：「我總算對得起妳母親了……」她再一次深擁小柚子，並看著坐在一旁的莫莉，眼神彷彿說：「妳又沒交男友，書怎麼還讀得比小柚子差？……」

那一天後，小柚子就原形畢露了。她開始對一切毫不避諱，經常把勇哥找來家裡，甚至還讓勇哥跟志遠變麻吉，兩人常一起裸半身，在家裡庭院打籃球。莫莉父親也常把勇哥帶去自己的高爾夫球俱樂部，簡直把他當女婿。極具高爾夫球天分、外型體面，頭腦機敏又懂得應對的勇哥，讓莫莉父親很有面子；他多次跟球友說，有勇哥陪自己運動真好，現在他身體跟年輕一樣好。其實從以前莫莉父親就很盼望有個兒子陪他做些事，小柚子讓他願望成真。

阿娥則每天像個情竇初開的少女一樣，坐在沙發上，吵著要小柚子跟她講自己跟勇哥的交往細節，如何時發現兩人相愛啦，最喜歡的約會地點啦，第一次接吻啦等等。後來談到「那個」時，阿娥說自己很新潮，基本上只要做好防護，她不反對。但小柚子則故意裝嬌怯，說：「我希望勇哥可等到我們結婚之後……」

似乎這樣還不夠，小柚子後來變本加厲，刻意在莫莉面前曬恩愛，不是坐在勇哥腳上看電視，就是在勇哥懷中假寐，或者兩人互餵食物，然後暗地裡，給莫莉一些炫耀眼神。

最誇張的是，在莫莉父母出國時，小柚子就留宿勇哥。且經常半夜故意大聲叫床，叫聲之淫蕩，比SM系列的AV女優還誇張，根本活脫向莫莉示威。在一夜放蕩枕席之歡後，又在勇哥面前，刻意親密的、像個大姊似的跟莫莉問早、問她昨晚睡得如何、是否要吃早餐等，儼如什麼事都沒發生一樣。

小柚子就是用這樣的兩面手法折磨莫莉，而她樂此不疲。那時我才真正理解小潘所指：「她是性格裡有病，惡是藏在她的性格裡。」

嗯，我想醫生你也知道，就在這時，莫莉的精神狀況就開始出現一些問題了。

發問者：這跟我們手上資料大致吻合。

21.天殺的狗男女

小潔

講到這，我就足毋甘……小柚子實在太狠，後期親像起痟同款，不斷折磨著莫莉，根本是個變態……

那段期間，勇兄來訪莫莉家的次數非常頻繁，莫莉就算心痛，也只能抵勇兄與小柚子那對狗男女前逞強，裝得一副無信篤的模樣。但私底下，莫莉卻講家己愛勇兄愛到無法復加的程度，伊無法忘記勇兄，無法度再看小柚子與勇兄曬恩愛。伊感覺家已再也承受不了這凌虐，甚至感覺家己咧欲起痟了。

於是後來……阮就發現莫莉……有了自殘行為，醫生你也知影，伊開始提刀仔割手臂。莫莉說，她心內的痛苦遠比割手臂來得痛，也只有割手臂，能讓她暫時忘卻得不到勇兄的愛的痛苦。

我們發現後，一直苦勸莫莉莫擱做戇事，但無論阮按怎苦勸攏無效，阮甚至把她的刀仔藏起來，但莫莉彷彿有用不完的刀仔一樣，依然天天割手臂。只不過伊攏以長袖遮掩，莫莉爸母或其他人從沒發現。事實上，莫莉爸母也根本不想發現吧。恁有了完美的小柚子，若親像擁有全世界一樣。莫莉爸母真正是我看過世上最他媽無情的爸母。

（小潔這時用衣袖擦拭眼淚）

毋但按呢，莫莉後來也足少食東西，變甲非瘦卑巴，又憔悴，且因沒食東西的關係，伊的面不但蒼白，神情也總是恍惚，有次過馬路還差點予車撞。阮在學校總拖伊去食東西，但伊總食一兩口就講家己食飽了，然後要阮別掛心。但有一天，我真的是氣壞了，怒吼著愛伊食落一規個便當，否則我也提刀割家己，我共伊恐嚇：「而且我不割手臂，我要割腕，將血管割破，我還要割臉，讓舌頭攏掉出來，再割頭髮也把頭皮攏割下來，若還不行，我就共雙眼挖出來，丟予野狗食，若妳不愛惜自己，我就學妳！」

莫莉聽罷，講：「別這樣！」然後硬著頭皮共便當食落去。「妳們看，我吃完了，所以小潔可不要擔心了嗎？」講完伊又露出以前的常見笑容，只不過因過瘦緣故，伊的笑容再也不陽光了。

但當日下晡第一堂課後才上無偌久，伊忽然站起身子，當著同學面前，共食物全吐了出來。後來伊一面吐一面哭，說家己足痛苦，親像生活抵地獄，不想活了……醫生你知道，那場面有影足嚇人，其他同學攏尖叫連連。他甚至傳言莫莉生了可怕疾病。醫生你也知道，在高中那種環境內，閒言碎語上時行，任何的「不一樣」攏會被放大到匪夷所思的境地。

阮班導因此致電阿娥，通知伊莫莉這陣子臉色煞白，身體欠安，也把下晡嘔吐之事共伊講，也建議伊上好來校，帶莫莉做健康檢查。阿娥搞不清女兒發生何事，只感覺莫莉這陣仔確實比較瘦且寡言，於是敲電話予小柚子。但小柚子才不和阿娥講老實話，只講：「可能是青春期憂鬱吧。」後來阿娥從厝內趕來學校，竟先去找小柚子，要她陪伊去找家己女兒。莫莉跟阮當時攏抵保健室內，伊看到母親時按算共母親轉厝，但看到一旁的小柚子，就和保健室老師講家己好多了，就轉去教室上課。

暗暝轉厝時，阿娥問伊最近是不是心情不好，是否需要伊的幫忙，莫莉講自己沒問題，並謝謝伊的關心。當晚食暗頓時，莫莉雖無講話但食了不少，阿娥也以為一切沒事了。

但是抵半暝，莫莉又閣共所有食下去的東西攏吐了出來。

22. 莫莉自殺了

阿惠

其實在後來……勇哥與莫莉又來找我。我不太懂他們為何僅針對我，也許覺得我比較好騙？

（這時小潔猛點頭）

看到他倆來找我時，我本身有預期的。當時的我也正想找他們把事情釐清。愁眉蹙額的他們跟我說，希望我能當他們之間的溝通橋樑。這點我對莫莉不無歉意，其實我當下對她仍疑信參半。他們跟我說，當天莫莉看見他們時，他們只是在房內討論莫莉的精神情況，並不如莫莉所言「裸體交纏在一起」。勇哥還說，莫莉不是說謊，她也被自己矇騙了，莫莉有很嚴重的妄想症，才相信自己看見我們裸身纏綣。

但令我意外的是，勇哥也向我坦承自己與小柚子交往的事。小柚子見我目瞪舌彊，儼乎其然的解釋，她絕非有傷害莫莉的心，「愛」真的是無法控制的。又說他們一直都知曉莫莉對勇哥的情意，向來都很小心，很擔心莫莉發現他們的關係，導致莫莉受傷。小柚子生日當天，他們以為我們都不在，勇哥才過來莫莉家……

「不過我們確實也太不小心了！」勇哥懊惱的說。小柚子則跟我道歉，說「自己很傷心事情竟演變成如此」，接著又跟勇哥說，她覺得境況好像快超出他們所能控制了，「是不是該請專業人士幫忙？」勇哥則不以為然。他要小柚子相信他，兩人後來還起了一點小爭執。

然而事實上，我當時已認為他們所言是無稽之談。醫生你知道，若實情如此，他們大可早些向我透露他們之間的關係，為何在事情曝光後才跟我說呢？而且若他們真不打算傷害莫莉，又為何故意在莫莉面前曬恩愛呢？這一切根本解釋不了。

一晚，莫莉傳了Line給勇哥，跟勇哥說她在粉紅小屋裡等他，並請他務必得一個人前來。莫莉約定時間是半夜十二點，她在粉紅小屋裡形影相吊的枯坐著，並全身赤裸，她想把自己獻給勇哥。她覺得小柚子能給的她也能給，而且認為自己能讓勇哥更加開心。

可是等著等著，一直到十二點，勇哥都未現身，她再傳一次Line跟勇哥說，若他不來，她則會去死。接著莫莉用手機拍下身旁的安眠藥、酒、一把尖刀，以及裝了熱水的水桶，再以Line將照片傳給勇哥，並跟勇哥說，她不畏懼死，更令她畏懼的是，生活在一個勇哥無法愛自己的世界。

一直到半夜一點，Line一直顯示未讀，莫莉感到絕望，於是吞下一把安眠藥，再灌入一口威士忌，似乎不夠，她再猛灌一口……在醉意朦朧之際，她割下了手腕，一刀再一刀，直到澈底切破血管為止，並將手腕置入水桶裡。

莫莉覺得自己流了很多血，看見血液自水桶裡鼓湧而出。初期看來令人恐懼，但很快的，血液形成一朵又一朵鮮紅玫瑰，地板很快被玫瑰占據，接著像枝葉生長般迅速爬上牆，再蔓延至整個天花板。當整個房間布滿紅色玫瑰時，莫莉忽然感到浪漫不已……

「原來愛情就是這樣的啊……」莫莉碎碎念著。

但一會後，玫瑰都枯萎了，從牆、天花板一片一片凋零。她這時感到冷，才發現，原來凋零的不是花瓣，而是雪。她看見自己躺在下著雪的田野上，雪的上頭有許多向日葵，儘管陽光炙熱，她依然感覺冷，好希望勇哥來擁抱她。

然而在下一刻，莫莉聽見天空響起鋼琴彈奏聲，曲子好像就是「Somewhere Only We Know」。她將眼神往上騰挪，訝異發現，勇哥居然在天空飄浮著。同樣全身赤裸的他，從天緩緩而落，莫莉的心情此刻蕩漾不止。赤裸的勇哥身上有著一雙帶有細細紅色血管的白色翅膀，輕輕拍打著，周圍漾起彩色光線。

勇哥就像天使。

勇哥抵達地面後，立刻擁抱莫莉。他先是親吻莫莉的嘴，再吸吮她的乳房，接著舔拭她的私處，莫莉感覺一股熱度從私處直竄她的內心。勇哥接著抬起頭，用大腿架起她的雙腳，進入她，並一次又一次跟她說自己好愛好愛她，他不能沒有她，最後勇哥跟莫莉道歉，說自己跟小柚子的一切都是假的。

莫莉這時簌簌發抖起來，說自己冷，勇哥於是與莫莉簇擁，莫莉感覺自己與勇哥裸身交纏，好溫暖。

接著，勇哥再一次跟莫莉道歉，並說他最愛的其實是她，是莫莉……

因期中考就要來臨，莫莉甦醒的第二個早上是週末，於是我們到醫院一面讀書，一面陪莫莉。可是經過那些事後，大家都無法專心念書。這部分我想醫生你也知道，莫莉因失血過多而失去意識，據救護人員說法，若勇哥他們再稍微慢一點抵達，莫莉恐怕就GG惹。我們的莫莉可是直式切割手腕的血管呢，像切魚肚子一樣把血管切開，她可不是玩假的。

「莫莉居然傻到服安眠藥割腕自殺耶，會不會太誇張？幸好勇哥及時發現，要不然莫莉可能已死了。」盈盈私下跟我們抱怨，「其實我有點生氣，難道愛情就那麼重要嗎？莫莉還有我們姊妹不是？莫莉未免也太自私了一點。」

莫莉清醒後一直笑，且笑得像個白癡一樣。我們問她笑什麼，她卻一直說：「這是我的祕密。」

「祕密？阮姊妹中，何時有祕密了？」這下換小潔抱怨了。

醫生你知道，我當時其實驚惶不已，我以為莫莉發癲了，或者中邪之類的。畢竟一個人在自殺未遂後嘻嘻笑著，任誰都很難認為她是正常的。

莫莉彷彿讀出我的心，說：「妳們別擔心，我沒瘋。」莫莉說這話時氣色好看多了，也才讓我們安心下來。

接著我們幾人坐在床畔，就像在粉紅小屋裡談心事一樣，你一句我一句的談起天來。不過就算她身體依然不適，我還是忍不住抱怨莫莉，跟她說：「妳若死了，我們怎麼辦？未來絕不再做傻事，好嗎？」

莫莉點點頭，跟我們說她確實很笨，這點她跟我們道歉。下一秒，她露出燦爛無比的笑容，說：「但是妳們知道嗎？那晚是勇哥救了我耶，勇哥就像從天而落的天使騎士一般……而且勇哥還跟我表白，說他是愛我的，說他要跟小柚子攤牌，跟小柚子說他只愛我。妳們說，我能不高興嗎？」

然而，當天實情是，勇哥與警察和小柚子一起抵達粉紅小屋的。莫莉失血嚴重，當警察與他們抵達時，她早已失去意識。

這點我們都知道，但沒人戳破她的美夢，沒人想當可怕的劊子手。

莫莉住院後一直這樣喜上眉梢、神采飛揚的，見人就問她的「愛人」勇哥何時會來探望她。勇哥在第三天早上來探望她了。勇哥到院探望莫莉時，莫莉像個戀愛中的人般喜悅洋溢，但勇哥的態度卻依然像個老師，拘謹，甚至嚴肅，彷彿忘了那晚跟莫莉發生的一切——若莫莉所言為真。

莫莉噘起嘴要勇哥親她，勇哥不為所動，莫莉想擁抱勇哥，他卻請莫莉「不要這樣」。莫莉不懂勇哥的態度，以手托頤，露出怏怏不快的神情。勇哥問我們：「是不是可讓莫莉單獨跟他談一下？」

我們出去後，因擔心——絕不是八卦喔——我們四人就把耳朵緊貼在門上。我們聽見莫莉問勇哥：「為何這麼冷淡？是不是不愛我了？還是那夜，你說的一切都是假的？」勇哥卻說他只是莫莉的老師，他很遺憾發生這樣的事，並希望莫莉可好好珍惜自己。

莫莉聽聞後，就開始哭，說：「不行，你說你愛我的，你為何要騙我？你那天說自己是愛我的，難道你騙我？……」

這當下，我們只聽見莫莉的哭聲。勇哥沉默著。

「勇哥，你說啊，那晚的事我想你都記得。我知道我做了一個你是天使的夢，我知道那是假的……但後來的事我依然曆曆在目，是你先進來的，你救了我，之後你才通知小柚子，然後小柚子才帶著警察到的。當時我差點死了，是你說你愛我，我才有毅力撐下來。你還跟我說，你只是因較早認識小柚子，你誤以為那是愛，其實那不是，但你碰到我後，才發現自己與我之間才是真正的愛，然後你會想辦法跟小柚子分手的，你不是這樣說的嗎？」

「莫莉，我……」

「勇哥，你說，你若不跟我說清楚，我真的不想活了……」莫莉說，「是不是小柚子不願分手？是不是你無法狠下心跟小柚子分手？」

勇哥沉吟半晌，才說：「若沒有小柚子的話，我一定會愛妳。莫莉，我很抱歉……」

「又是小柚子，她這壞人，想搶走我的一切……」莫莉這時忽尖叫起來，把手腕上的繃帶拔開，亂抓頭髮，說自己不要活了……

就在那時，護士跑了進來，請勇哥出去，以免刺激她。

23.唉鵝，噁心的簡訊內容

小潔

勇兄當日並無久留，伊講依照莫莉的情緒判斷，伊不該久留。

伊離開後，把手機仔遺留在病院。我原本拍算共伊的手機仔送回去予伊，但恰好有Line傳來。經不過好奇，我猶是共手機打開。

想當然耳，傳Line的那個人正是小柚子那賤貨。

伊竟然抵Line上問勇兄，「莫莉的精神如何？」並要伊探望時「小心一點」。當時我看得霧撒撒，小柚子按怎問莫莉的精神狀況，猶閣請勇兄小心一點？這一切不是伊搞出來的嗎？敢說，這就是所謂「惡人先告狀」嗎？

醫生我共你說，勇兄的手機仔內面，毋但有予阮訝異的那些對話內容，更可怕的是……您的對話框內，竟然有很多小柚子的裸體，包括影片和照片，那攏是小柚子主動傳予勇兄的，更胎哥的是，對話框內竟然也看到勇兄傳家己生殖器的照片予小柚子。我看了差點嘔吐。小柚子竟用那麼卑劣的手段來誘惑勇兄。

那時，我共照片、影片給他看，尤其是阿惠和盈盈。我足無客氣的質問：「這馬恁猶閣感覺這一切是莫莉的幻想嗎？恁仔細看看小柚子他媽的有多淫蕩！」

接著抵隔日，更令阮意外的是，阮居然收到阿阮傳來之影片。醫生這部分你知影嗎？

（發問者搖搖頭）

那竟然是小柚子予莫莉阿公摸奶仔的影片。雖只有短短五秒，但影片看得清清楚楚。阮收到影片時足驚疑，於是請阿阮共代誌講明。伊抵Line講：「對，小油（柚）子對我的只（指）控是正氣（確）的。我是亮（讓）莫莉阿公麼（摸）胸部，一技（次）收五百，但小油（柚）子發現後就恐哈（嚇）我，不准再讓莫莉阿公這樣做，我壹（以）為她悉（是）為保護我，但後來才雞（知）道，原來莫莉阿公愛上她了，小油（柚）子一次首（收）一千塊！還把我的生意搶觀觀（光光）！我才收五百元，那老頭子都不要麼（摸）我了，所以妳要更（跟）妳媽媽說這件市（事），小柚子很壞，槍（搶）我生意！」

阿阮錯字連篇，阮看得足艱苦，後來又一直抱怨予小柚子搶走「生意」的事，害伊少賺很多錢，又被趕回越南。阮感覺伊根本搞錯重點，伊是不是賺錢關我們屁事！阮也就不再插洨伊。

但我實在快氣炸了，小柚子那賤人竟然按呢欺侮阮姊妹仔！我接著鄭重跟阿惠和盈盈講清楚：「恁誰若再替小柚子說話，抑是誰再認為莫莉有病，我他媽的就跟伊勢不兩立！」

（小潔說到這時，又再度崩潰，用力敲桌，發出砰砰聲響）

發問者：妳先冷靜下來……妳這樣我會害怕……

（發問者緊張得不住咳嗽起來，面談此時中斷。阿惠替發問者倒杯水）

（在小潔冷靜之後……）

續落來幾天，莫莉出院返家後攏無出來，也聯絡不上，然後祕密窗戶又打不開，就算阮敲窗，莫莉也不應。阮其實足擔心。

阮四個抵粉紅小屋裡呆坐著，想著按怎幫助莫莉。但阮也只是十幾歲的少女，不夠聰明又沒錢，也無管道可幫助莫莉，根本一籌莫展。

後來果然不出阮所料想，莫莉竟然被他關在房間！我講的「他」，是小柚子與莫莉爸母。小柚子實在上超過了！竟然予莫莉爸母相信莫莉是痟的，猶閣伙同他共莫莉關起來。醫生你說，這是不是吃人夠夠?!

（發問者深吸口氣，接著點點頭）

我原本拍算直接衝到莫莉家共小柚子痛扁一頓，再把莫莉帶出來。但阿惠講暴力不好，莫莉爸母會害怕我們，以為阮是壞朋友。

「而且就算把莫莉帶出來又能怎樣呢？讓莫莉一輩子不回家嗎？這是於事無補的，」阿惠說：「我們得學小柚子使用計謀。」

我認為阿惠說得沒錯。大家討論一陣後，決定予盈盈先敲通電話給小柚子，看看情況如何。

無想著小柚子一接到電話，就開聲哭，講希望我們能幫助莫莉，甚至哭甲抽噎：「幫她……

幫她……」

阮請盈盈故意冷靜問她發生啥物代誌。小柚子猶原抽噎著講：「前天早上，莫莉開始精神錯亂，把我的東西，都往一樓丟，把以前的玻璃天鵝……也砸碎，還把我跟媽咪的合照砸爛。後來莫莉拿著一把尖刀衝到客廳，說要殺我……然後又跟爸比媽咪說，『若你們不相信我，我也要殺了你們。』說完，她一直哈哈笑。我們當時看著崩潰的莫莉很傷心，我一直問她，『莫莉，怎麼了？有什麼困難可提出來，大家一起解決……』但她一直吼，要我不要裝了，還拿東西丟我。我感到害怕不已，爸比媽咪抱住我，試圖保護我，但莫莉卻……更加生氣。莫莉一直跟爸比媽咪說我是雙面人，半夜假扮小丑，拿刀想殺她，想搶走她的一切，還說他們都被我催眠了。爸比媽咪一直要莫莉冷靜。莫莉後來跪了下來，一直狂哭，然後用頭撞地。我們試圖阻止她，卻被她咬傷了。後來媽咪去報警，我原本打算勸下她的，但媽咪說：『這情況以前也發生過，我們真的幫不了她，需尋求協助。』爸比也認同。後來後來……警察真的來了，但他們認為，未有立即性危險，因當時莫莉僅坐在地上不聲不吭，也不動，所以請我們尋求專業協助。在警察走了之後，爸比就把莫莉關在房間裡，一直到現在……」最後她問，「我們不知道該怎麼辦，我很想幫助莫莉，妳們……能跟莫莉溝通看看嗎？」那時我請盈盈莫回覆伊，直接共電話掛上。

我當時他媽的強欲掠狂了！小柚子真的太會演戲了。若不知實情，任誰都會被電話內的小柚子予誤導，相信是莫莉起痟。伊竟然還他媽的試圖拉攏阮！不過伊未免也太低估阮的智商了！

操弄人心的小柚子實在太危險了。不過莫莉爸母按怎也如此離譜呢？毋但笨又無情！天底下按怎有如此爸母呢？

阿惠說阮應冷靜下來，這時上重要的是，阮得和莫莉見上一面。所以在當晚，阮提了一個鐵槌，共祕密窗戶直直敲碎，之後爬了進去。

莫莉一見到阮，親像嬰仔同款哭了出來，然後把事情始末共阮說。

伊說當日早時伊抵睏眠，莫莉又打扮成小丑，提著一把尖刀跑到伊房間，講要殺伊。小柚子先是抽出伊的枕頭，用刀子割爛，搞得棉絮四飄。接著又一直嘻嘻笑，一面跳舞，後來又抓住莫莉頭鬃，直接割去一片，放進嘴內嚼，接著又吐出來。

莫莉講到這時，從衫仔袋內提出一把頭鬃，哭著講：「這就是小柚子的傑作，她把我的頭髮割下一片，」接著又從另一個衫仔袋內提出一把刀，講：「這就是她的凶器，我很害怕，所以先把刀藏起來。小柚子……割完我頭髮後，用很像鸚鵡的聲音跟我說：『妳父母．已相信．妳是瘋．子．我們．將會．把妳，送去精．神病．院，接著．我就．可．以永遠．獨占這．個家了，哈．哈．哈……』」

我當時看著房內四處飄散的棉絮，恨不得立刻共小柚子殺死。

莫莉接著說：「當天早上我拿著小柚子的刀跑去客廳，試圖跟父母說明實情，但父母卻不相信我，他們一直尖叫躲我，甚至還叫我不要殺他們，一旁的小柚子也故意裝腔作勢，一直尖叫。但我不是要殺他們，我只是……只是……想要跟他們說，小柚子剛才拿刀想殺我……但他們都害怕我，好像忘了我才是他們女兒，還以為我是神經病……我的世界全部都被小柚子給矇騙了，也快被她搶走了，無論我怎麼努力解釋都沒用，這世界的人都只相信漂亮、巧言令色的小柚子。我該怎麼辦，該怎麼辦？……」莫莉講到這時，狂哭了起來，聲音之淒厲，我想方圓百里攏聽有。我看著被欺侮到崩潰的莫莉足心疼，有影足心疼……

後來阮帶莫莉到粉紅小屋內，那裡是最予阮安心之所在。當時，我和伊說，「只要有阮在，阮絕對袂予妳共人欺負。」

接著又對怹三人講：「莫莉過去攏曾幫助阮走出陰霾，這馬換阮幫助莫莉了。」怹三人堅定的點點頭。

後來怹用手機打開那首「Somewhere Only We Know」，並請莫莉放心。莫莉不久後感到心安，就睏去了……

莫莉睏去後，阮幾人召開一個特殊會議。經過思前想後，商量許久，阮認為莫莉按呢下去必定會死，所以阮決定替莫莉做一些事。

24.跟小柚子攤牌

美里

特殊會議開完後……已經系早上了……她們要我打電話……給小柚己姐姐。其實我有點害怕，但她們一擊……逼我，我擠好……打電話。

小柚己姐姐接到我的電話時，問我：「美里？妳是美里對不對？我從妳的聲音就能判斷了。莫莉是不是跟妳們在一起，她在哪裡？還好嗎？」

我跟她說：「小柚己姐姐，是的，莫莉姐姐……跟我們在一擠，對不擠，我們……擅繼把她帶走了。不過……現在她情緒……已緩和下來，而且也想通，想再跟妳……再做朋友。」小柚己姐姐……在電話裡……很興奮，直說：「這實在太好了！」接著又問：「那她等一下就回家嗎？」

「呃……」我說，轉身問小潔，「我該……怎麼說？」

「就他媽照我拄才跟妳說的啦！」小潔很兇的說。

「小柚己姐姐……」我說，「我們……喔不，莫莉……想在外面跟妳見面，詳記情形，等我們見面……再說。我們在……早上十點，在○○路的7-11等小柚己姐姐，好嗎？」

小柚子說：「當然好。」

當小柚己姐姐……抵達○○路的7-11時，她很高興……跑來跟我牽手，並說：「莫莉情緒緩和下來，且願意見我，實在太好了！其實我真的很想跟她好好談一談。」

我說：「這部分……我們煎不討論，我們既粉紅小屋吧……莫莉姐姐已在那裡等小柚己姐姐了。」

小柚己姐姐……點點頭，並勾己……我的手，才走沒幾步路，我嘟然……停了下來。

小柚己姐姐……轉過頭來，問：「怎麼了？」

我說：「小柚己姐姐，我坦白……告訴妳，她們打算……打算……我覺得妳還系……不要企比較好……」

「打算怎麼樣？」小柚己姐姐問。

沒想到，那時小潔嘟然……出現，說：「無代誌，美里有時會黑白講話。」又說，「小柚子，妳抵這裡等我一下，我去買薰。」

之後小潔……就把我拉進7-11。在她進去之後，我就被小潔……責備了，她好兇喔，於是我就……躲起來了。嘻嘻！

不久後，小潔買完菸……走出7-11。她給小柚子一支菸，兩人一擠……抽了起來，一邊向粉紅小屋……走去……

小潔

當時天頂落著微雨，阮從竹林大橋旁的羊腸小徑落去，地面十分泥濘。抵達粉紅小屋前時，莫莉與阿惠已在那裡守候。

小柚子說：「所以現在，我能看見莫莉了嗎？」

「當然袂用得，妳看見伊了嗎？」我說。

小柚子說：「但妳不是說，莫莉想跟我談嗎？」

「我們騙妳的。」阿惠說。

小柚子皺起眉來，露出納悶表情。

「好吧，」阿惠講，「我們就不拐彎抹角了，坦白說，我們都知道妳的真面目了，我們今天是打算跟妳談判的。」

「談判？」小柚子這時眉頭更加深皺。

「妳毋免閣假仙了，」這時換我說，「阮已經知道妳是個可怕的人，妳用雙面手法，一步一步共莫莉逼甲起痟。」

「我？把小柚子逼瘋？」小柚子裝聾作啞。

「這是妳的刀吧？」盈盈把刀子拿出，又把莫莉的頭髮拿出，「妳恐嚇莫莉，還把她的頭髮割下，莫莉都告訴我們了……」

「那不是我的刀，我不知道那頭髮的事……」小柚子說。

「妳又要說這一切是莫莉的妄想吧？妳他媽莫閣假仙了，阮不如莫莉爸母那麼好騙。」我說。

「妳們在說什麼，我真的都聽不懂……」小柚子又說。

阿惠接著說：「妳做了很多傷天害理的事，別以為我們都不知道。妳知道勇哥對酒精無力，所以故意灌醉勇哥，再讓他不明就裡跟妳上床，還故意讓莫莉發現，對吧？妳舉報阿阮讓莫莉爺爺摸胸部的事，只因妳看不慣她賺那麼多錢，所以要自己『獨賺』，對吧？我們都看到偷拍畫面了。」

「偷拍畫面？」

「是阿阮從越南傳給我們的，妳沒想到她會來這一招吧？」盈盈說，一面共手機仔提起予小柚子看。

「那次是莫莉爺爺神智不清，他亂抓我……」小柚子試圖辯解。

「嘖嘖嘖……真厲害，什麼都能狡辯，」接著我從包包裡提出一本催眠書、一套小丑服和一頂金色假髮，扔抵地跤，講：「不過妳莫閣假啊啦，我共妳講，我曾偷進妳房間，抵妳房間內搜出這本催眠書，跟妳每次穿來嚇莫莉的小丑服和金色假髮，妳就是靠催眠，才把莫莉家人騙得團圖轉，對吧？」又說：「妳好幾次提刀仔恐嚇莫莉，講妳想奪走伊的一切，但又在別人面前，假影一副足關心莫莉的模樣。妳用催眠術予莫莉身邊的人都愛著妳，然後妳拍算共莫莉逼甲起痟，對吧？按呢妳就能擁有莫莉的一切，這是妳的按算，對吧？」

「我沒有……」小柚子說，「我跟妳說，應該是跟妳們說，莫莉她需要幫助，她有妄想症，還有……」

「小潘說的沒有錯，分明是妳有精神病！」阿惠說，「妳就是個愛編派人的婊子……」

「小潘？小潘是誰？」小柚子說。

「妳別裝了，小潘是妳國中同學啊，我們都曾看過照片的。」盈盈說，「阿惠還跟她見面呢！妳因小潘高中考得比妳好，而用熱油燙她，妳真是太可怕了！」

「我真的不認識什麼小潘，妳們都……被自己的妄想給矇蔽了……」小柚子又試圖辯解。

「對對對，現在不僅莫莉有病，連我們都有病了，妳乾脆說全世界只有妳清醒好了。」阿惠這時說。

「我共妳講，阮不如莫莉按呢好欺侮，阮愛替莫莉解決問題。」我說。

「妳們到底在說什麼？」小柚子一副他媽的泫然欲泣的模樣，「莫莉……妳們……都需要幫助。我老早就跟勇哥這麼說了，他無力幫助莫莉……為何他這麼固執呢……」

「講到勇哥，呃，羞羞臉……」盈盈說，「我們都看到勇哥手機裡的影片了。妳傳裸照給勇哥，還拍自慰影片給勇哥，妳就是賤女人，妳勾引勇哥！」

「妳們有影片？」小柚子說。

「勇哥忘記把手機帶走，我們才看見的，」盈盈提出勇哥手機仔，「我們掌握妳所有的骯髒證據……莫莉父母大概不知道妳這麼淫蕩吧？讓莫莉爺爺摸胸部，又拍色情影片給勇哥，我們打算把這些影片傳給媒體，這麼惹眼的新聞，蘋果日報會很有興趣吧？『高中清純少女為錢讓中風老色鬼摸胸部』、『高中少女自慰影片』，我們要讓妳身敗名裂……」

「妳們千萬別這樣做，那只是我們的情趣——我指跟勇哥的部分，而爺爺的部分是，他亂抓我，但他老了，神智不清……」小柚子說，「我求求妳們……」

「假使妳不想予阮共妳的祕密揭艭於世，」我說，「也可以。條件是，妳必須離開這個家，還有未來妳袂當再跟勇哥見面……」

「離開我的家？……」小柚子說，「並離開勇哥？……」

「什麼妳的家？是莫莉的家好嗎？阮其實不想按呢殘忍，但莫莉是阮的好朋友，阮必須保護伊，而且妳真他媽太過分了。」我說。

沒想到，就抵那時，小柚子忽搶走盈盈手上的勇哥手機仔，並丟抵地跤，用盡全力踩：「對不起，我不能讓妳們這樣做，妳們真的需要幫助，勇哥錯了，他能力不足，他無法幫助莫莉、幫助妳們……」

我趕緊共小柚子憤怒踩手機仔的模樣用另一支手機仔拍下，但沒想到小柚子又拍算搶我的手機仔。

這陣，美里忽出現，冷不防的就把手上大石頭往小柚子的後腦給砸了下去。小柚子一個趔趄摔倒在地跤，額頭流出一些血來。

我大罵美里：「妳他媽的抵創啥啊，妳為何傷害人……」

小柚子雙眼往上一吊，便昏落去。

美里嘩的一聲哭了出來。

發問者（這時傳出椅子向後挪的聲音）：所以，是妳們殺了小柚子？

美里

我不系殺人兇手。我不系殺人兇手……

發問者：若妳不是殺人兇手，請妳趕快解釋。其實我坦白告訴妳們，檢察官已發現小柚子踩手機的影片，妳們也都入鏡了。他們認為妳們可能跟本案有關係，所以才請妳們過來……

（這時忽傳來哭聲）

發問者：妳先別哭，這無濟於事的……

但我……傷害了小柚己姐姐，我系壞人……我拿石頭砸她。但我不系故意的……是她伸手搶小潔手機，我以為她要攻擊小潔，我不系故意的，我真的不系故意的……

（哭聲持續著……）

阿惠

發問者：我想美里現在情緒不太穩定，是否能讓其他人來談接下來的情況呢？

嗯，我來說吧。

那天美里下手並不重，小柚子只是頭部流血，並無生命危險。但我們擔心若讓她離開，她可能會報警，那麼美里可能會有危險。我們三人商議之後，決定先把小柚子留在粉紅小屋裡。我們把粉紅小屋裡的床單撕開，再捲成繩子，將她綁起來，然後把她綑在棉被裡，再把她推到粉紅小屋的角落。

我們接著圍坐在粉紅小桌前，討論接下來的打算。沒想到不久後，小柚子就醒來。她一直說自己的頭很痛，想要就醫，又一直請我們「放過她」，說得好像我們是壞人一樣，但整件事不是由她引起的嗎？我們也很害怕啊，尤其美里，一直在哭。但放她走的風險實在太高。

「若我們讓妳離開，」我當時問她，「妳能既往不究嗎？」

「可以，」小柚子說，「我知道美里不是故意的，我不會跟別人說，也不會計較的……」

「甘有影？」小潔當時也問。

「可是妳們也知道，小柚子是很會演戲的，」我當時跟她們說，「萬一她騙我們怎麼辦？萬一放她走，而她跑去報警，萬一警察把美里抓起來，我們不都要遭殃了？」

「妳說得沒錯，我才無咧共她信篤。」小潔問，「盈盈，妳的想法呢？」

「我想我們得先問問莫莉。」盈盈說。

就在那時，小柚子開始在棉被裡手蹬腳刨，大聲呼救。我們擔心引人側目，就在小柚子嘴裡塞進一團棉布，再用膠帶貼起來，並把棉被捆得更緊。

到了當天下午一點，莫莉總算醒了。

我們向莫莉全盤托出，包括小柚子勾引勇哥，以及讓莫莉爺爺摸奶賺錢的事，然後我們打算威脅小柚子並逼走她，但小柚子卻發瘋了。我們也讓莫莉看小柚子發瘋踩手機的影片。但後來美里這個白癡居然攻擊小柚子，於是事情就失控了。我們很擔心若把小柚子放走，美里會被警察抓走，現在這事已危如累卵，我們無所適從。

沒想到莫莉一看影片，大發雷霆。

她說，「這簡直是犯罪行為！妳們為何要威脅人呢？甚至還傷害人？妳們太可怕了……」

「我們只是想幫妳，就像妳以前幫我們一樣啊，」我說，「莫莉，我們是生死結盟的姊妹，以前我們在這裡發過誓的……」

「對啊，」盈盈也說，「我們都是為了妳，小柚子受傷純是意外而已……」

「不管怎麼樣，我們得先讓小柚子自由，」莫莉說，一面起身，打算替小柚子鬆綁。

但沒想到，當她靠近小柚子時，她已經……

25.呻吟者與少女們

（這時傳來一陣呻吟聲）

（發問者往發出呻吟聲的來源看去）

發問者：妳可先別吵嗎？稍後才輪到妳。我們還沒預演完耶，妳懂不懂禮貌啊？

（發問者從桌上拿起一捲膠帶）

發問者：盈盈，去把她臉上的膠帶再貼上一層，真是吵死人了！

盈盈：是……

（發問者起身，走向發出呻吟聲的人，將透明膠帶拉出約10公分長度，再用牙齒咬斷，蹲下，將膠帶貼在躺在地上發出呻吟聲的那個人的嘴上，臨走前還踹了躺在地上的人一腳，然後返回原位落坐）

盈盈：不過，我們……真得這麼做嗎？小柚子雖很討人厭，但好像也罪不致死……

發問者：誰跟妳說我們預演結束了？

（發問者這時用力掌摑自己的臉，一次兩次三次……發問者的嘴角滲出血痕）

發問者：只有我說排演結束才結束！

盈盈：對不起，莫莉。

發問者：莫莉？我是莫莉嗎？

（發問者這時又啪啪啪掌摑自己三次）

發問者：我跟妳們說過多少次了，現在的我不是莫莉，妳們最愛的莫莉現正被我強迫休息中呢！莫莉是善良的女孩，換句話說，是個懦弱的人。她哪來的本事做壞事呢？都是我——這個跟在莫莉身邊的X——我可是問題解決者呢。不僅會撒謊，會編故事，還心狠手辣，所有的事，包括我行將做的事都非莫莉所為，是莫莉的另一面——也就是我X——做的。妳們給我仔細記住！我的計畫是天衣無縫的，誰若膽敢犯錯害我的計畫失敗，害莫莉得不到勇哥，我絕不會原諒妳！我再給妳一次機會，妳說！是誰幫妳把妳討厭的阿富的腿給弄斷的呢？

盈盈：對不起，是X——做的。是可怕的X讓阿富斷條腿的……X好可怕……

發問者：很好！不過說到阿富這事，我原本可沒打算讓他斷腿而已，我當初失手了，都怪那駕駛，竟反應這麼快，要不妳那同學阿富早去見閻羅王了……那美里呢？又是誰幫妳解決妹妹，讓妳重新得到父母關愛的？

美里（以顫聲說道）：是妳，是妳……這個……X姐姐……讓我重金……得到父母關愛的……

發問者：還有小潔呢？是誰幫妳把那隻死肥狗給毒死的呢？

小潔：也是X，X真他媽的是上溫柔的壞天使！

阿惠：Wait，我不用妳問，我沒她們那麼笨，不用擔心。我會跟警察這樣說（這時她哽咽起來）：從以前，我就覺得莫莉有問題，其實我我……一直懷疑跟我父親外遇的那個大陸妹是被莫莉，喔不，是被X給殺的。但這一切跟莫莉沒關係，莫莉生病了，這一切都是精神病的問題……

發問者：阿惠很好，給妳按個讚。但我實在很擔心，除阿惠，妳們表演都不及格，就連我都覺得妳們在演戲了。這下子該怎麼辦啊？

美里：對不已……我會……加強的……

發問者：阿惠，我們還有多少時間？能再排演一次嗎？

阿惠：呃……現在下午二點半左右……但我想已來不及再排演一次，我們一個小時前就已通知勇哥了。現在他若從學校開車下來，大概再十到二十分鐘左右，應就會抵達。

發問者：可惡！來不及再排演了！妳們最愛的勇哥已得知小柚子受傷，一定很快會趕來。妳們幾個給我聽好，小柚子這賤貨是妳們共同敵人。妳們可別忘了，妳們跟莫莉都愛勇哥，且這世上只有妳們能愛勇哥。勇哥原本是愛妳們的，但他的心卻早早被小柚子給偷走了。但勇哥說，若這世上沒有小柚子的話，他就能愛妳們，所以小柚子就是一個妳們不能容許存活的賤人。妳們都同意吧？

（一旁的呻吟者這時呻吟得更大聲了）

（發問者一臉不耐煩）

發問者：小潔，妳去把小柚子嘴上的膠帶拔開吧，看看那賤人到底有什麼話要說。

（發問者站起身子，走到呻吟者旁，俯身，將她嘴上膠帶拔開，再把她嘴裡棉布抽出，又返回位置坐下）

呻吟者：莫莉，妳放過我好嗎？我不會計較這一切的。若妳討厭我，我會像死了一樣消失在妳的世界裡的，我回去找我祖母，找我叔叔，莫莉妳放過我好嗎？

發問者：欽賤貨，妳誤會了，我可不是莫莉喔！但妳若執意說我是莫莉也可以，只不過我們是澈底不同的。我通常只會在莫莉崩潰時才會出現，而我的出現，可是妳逼出來的。誰叫妳如此有魅力，誰叫勇哥如此愛妳呢？至於妳的請求，很抱歉，我不能答應。妳要知道，莫莉家人跟勇哥都如此愛妳，妳若不澈底消失，他們絕不會死心。不過小柚子，妳別擔心。屆時我會要莫莉跟精神科醫生好好配合，妳知道要騙過那些笨蛋精神科醫生有多容易，只要莫莉哭著跟他們說，她因幼時受創多次——妳知道她小時候的故事可精采了，曾遭受狗狗死去打擊，也曾因愚蠢的詛咒事件而遭排擠，而當時的阿娥，可不像現在這麼正常喔，以前像極了瘋子，老想帶她去死呢，再加上志遠跟那該死的大陸妹外遇所生的妹妹，搶走她所有關注——莫莉每次痛苦時，內心就會有新朋友來分擔，但她們都很懦弱，以致後來產生了一個神祕壞人格X——也就是我——這個心狠手辣的神經病，來幫她實現所有願望。只要後來莫莉以被害者之姿展現自己，這世界一定相信她。而且勇哥肯定愛死莫莉了！妳知道他對莫莉多面性格的事超感興趣，他一直打算利用她寫論文，若成，畢業非但一蹴可及，搞不好還能因此得獎呢！但不久後——我非常有自信——精神科醫生就會判定莫莉痊癒，她就能全身而退了，所以小柚子，喔不，姐姐，妳別擔心喔！

（發問者說完這番話後，忽靜止下來。呻吟者看見發問者的眼睛直視著前方，凝滯不動）

呻吟者：不管妳是誰，我都尊重妳，好嗎？……而且我也是妳法律上的姐姐。莫莉妹妹呀，姐姐後悔了，我把勇哥讓給妳，我不再認妳爸媽，這樣可以嗎？莫莉妳放過我好嗎？我會消失在妳的生命裡的。真的……

（這時，發問者的眼珠子360度轉了一圈，接著看向呻吟者，臉上忽出現一陣憐憫）

美里：小柚己姐姐，我好己……歡妳喔，我一及……都記得上次妳帶我……企買衣服給我妹妹的事，我妹妹說……她很喜歡喔……我節得……妳是世上最棒的人。可自……妳為何要……傷害莫莉呢？妳積道我跟莫莉姐姐……很要好，非常非常的要好，我自不能容許……別人傷害莫莉姐姐的……

呻吟者：妳是美里嗎？美里，請妳幫我跟莫莉說，我沒有傷害她，這一切是她幻想出來的……

小潔：幻想出來的？伊他媽是講阮是白癡嗎？妳不想活啦？喔對，反正妳他媽也沒多少時間可活了。

呻吟者：不，小潔，我不是說妳們是白癡，妳們只是生病了。我一直試圖幫莫莉，甚至打算找有經驗的精神科醫生來，只是勇哥說他可處理。妳們別誤會，勇哥……他跟我一點關係也沒有，而且他不愛我……我不再跟她，或妳們搶勇哥好嗎？我把勇哥讓給她，或妳們……

（發問者這時又靜止下來，接著抖了一下）

阿惠：還讓給她咧！欸，小柚子，妳以為妳是誰？我告訴妳，勇哥會愛妳，還不是因妳勾引他，而且令我訝異的是，原來妳這麼下流，還拍那些有的沒的給勇哥看。好啦，我們現在也不用裝了，她們也都知道了，對，沒錯，妳很善良，妳私下找勇哥、找我，試圖幫助我們。但妳不知道的是，勇哥根本沒打算幫助我們啊，他這個菜鳥能力爛透了！他只是打算讓我們成為他的論文實驗對象而已，妳其實也被勇哥騙了惹。但這點我們不怪他，這並非壞事。但我告訴妳，我們其實沒病，只是很特別，如勇哥所說的「Just being special」，是生命共同體而已。

（發問者這時向呻吟者拉下右眼瞼，並吐出舌頭）

盈盈：對啊，勇哥會愛妳，還不是因妳勾引勇哥，踐個屁啊！若我們提早示愛，他一定會愛我們呢！這是勇哥自己說的，他覺得我們之中，莫莉最漂亮！而且妳還要賤，拍那些下流影片，羞羞臉！其實我們也會拍啊，那天莫莉自殺前也傳給他了。勇哥還不是也看了……只不過他是個守規矩的人，闆道有先後嘛，妳先傳所以他先愛妳，但後來者可未必就輸哦。塔羅牌說了，我們跟勇哥終究會在一起的，只不過我們必須除去障礙，那障礙……當然就是妳，我們必須除掉妳不可。只要除掉妳，勇哥就會愛我們了。這可是他親口說的，「只要沒有小柚子，就會愛莫莉」。而且我們也用了愛情術，妳知道，只要我們把勇哥的X毛跟我們的X毛綁成一個愛心結，沾過他跟我們的液體後，放入愛心盒裡，再埋在土裡一百二十天，勇哥就會愛我們的。妳猜怎麼著？這些我們都做好了，而今天正是第一百二十天呢！因為很重要，所以說三次，今天是第一百二十天、今天是第一百二十天、今天是第一百二十天！妳好奇我們如何取得勇哥的X毛和液體嗎？

嗯，有次勇哥在粉紅小屋裡喝得不省人事時，我當時就偷偷取得了……

美里：嘻嘻！

小潔：同意同意！這馬猶閣按呢臭屁，我想阮他媽真的饒不了妳了。

呻吟者：我跟妳們道歉，我未來不再跟勇哥見面。求求妳們放過我好嗎？我是個賤人，不值得妳們弄髒我的手的。

發問者：不行，我不能放過妳。勇哥說過了，若這世上沒有妳的存在，他就會愛她們的——或者我們。他還曾說我們倆儘管不是親姊妹，但我們氣質很像，甚至外貌也越來越像，有時他也分不出來妳跟我耶……所以，妳說我能放過妳嗎？只要妳死了，我就是小柚子，美麗的小柚子、家境優渥的小柚子、人格分裂的小柚子，勇哥不愛死我才怪……所以妳說，我能讓妳走嗎？

（發問者這時發出尖銳笑聲）

（呻吟者忍不住放聲大哭，又大喊救命）

呻吟者：莫莉，我拜託妳清醒一點，我是妳的好朋友，以前我們那麼要好，我送妳生日禮物，我真心想跟妳做朋友，也真心想幫助妳的。莫莉，我是真心喜歡妳的，我拜託妳清醒點……

發問者：盈盈，是時候把那袋東西撒一撒了。那些東西非常重要，日後將會是證明我們人格分裂的好證據。

（發問者這時「嗯」了一聲，站起身子，拿起角落的白色塑膠袋，再把裡頭的東西，如砍下的雞頭、剪下的指甲、鼠尾草、一團頭髮和狗牙齒，以及幾張看來像符咒的黃色紙張和一本手寫

書等，全撒在呻吟者身上）

發問者：刀子呢，我的刀子在哪？勇哥就快來了。依照我們的《暗黑神祕愛情術：女孩專用》來看，我們現在就得把小柚子殺了，再拖下去，她死亡時間將與這書的時程不合了，而且我還要割下小柚子臉皮，並戴上她臉皮與勇哥做愛呢！只要勇哥在我體內高潮，他就會澈底忘了小柚子的。然後勇哥看見發瘋的我，再看見《暗黑神祕愛情術：女孩專用》這本手寫書後面的作者署名「X」，就會用他的專業證明，莫莉是被X這個可怕人格給控制了。但小柚子，妳可千萬別怪莫莉，這一切不是莫莉的錯，是我，X，是我這位可怕的X殺了妳的。刀子，我的刀子呢？

（發問者這時起身，拿起桌上的刀，隨後又放下，又拿起，又放下……發問者這時表情極度猙獰，彷彿被人控制一樣。忽然間，她又拿起刀子，舉在半空中，默然不動。半晌，她轉身看向呻吟者。呻吟者在她臉上看見柔和的笑容與淌下的淚珠。發問者忽然跪下，拿著刀匍匐到呻吟者面前）

發問者（低聲說）：姐姐，我是莫莉……

呻吟者：莫莉是妳嗎？妳回來了嗎？妳能不能救我——

發問者：是的，姐姐，我是莫莉，我總算醒來了……

（發問者這時將臉貼上呻吟者的臉）

呻吟者：妳快救我，妳快跟妳的朋友們解釋，我是真心對妳的……

發問者：噓……姐姐別擔心，先冷靜下來聽我說……

（發問者這時摀住呻吟者的嘴）

發問者：首先呢，我想先謝謝姐姐的配合，這一切只是一場預演，而且我們的預演也完美結束了。下個步驟是，我將殺了姐姐，把勇哥打暈，再割下妳的臉皮，戴上，再與他做愛，只要他在我體內高潮，他就會澈底把他對妳的感情轉移給我了。但在進行下一步驟前，有些事我想跟姐姐坦白。小柚子，不，我親愛的姐姐，我知道妳不是壞人，甚至是我所見過最善良的人，而且一直對妹妹好，是妹妹對不起妳……但是姐姐，妳知道嗎？妹妹過得並不快樂……我並不如妳想像中開心……這個世界一直對我很殘忍。從小學一年級，我的飛飛被咬死，我一直哭，一直跟媽媽跟鄰居吵，可是沒有人替我指責傷害牠的死肥狗，完全沒有人替飛飛主持公道；後來在二年級，我的好朋友，也是我喜歡的人……那個阿富竟聯合學校其他人排擠我，完全沒有人幫我，我在學校好孤單；三年級時，爸爸還把外面跟其他女人生的妹妹帶回家……媽媽一開始一直哭，說爸爸背叛我們，但爸爸好疼惜好疼惜妹妹，後來就連媽媽也要我喜歡妹妹，她跟我說，外面那賤女人已死了，只要我們喜歡妹妹，爸爸就會繼續喜歡我們，後來媽媽、妹妹還有爸爸好像好幸福，我在家裡則成為一個完全被忽視的人，而且爸爸每次買禮物，只買給妹妹，可是我也喜歡禮物，我也喜歡娃娃啊，但我從來都拿不到……之後爸爸又再外遇，媽媽哭著說：「沒希望了，我們沒希望了，爸爸是個無情的人……」所以哭著要我陪她去死。但是姐姐，妳知道嗎？我不想死，我想活著……可是後來……姐姐也都知道的，我的長相變得很可怕，因媽媽帶我去自殺時，不僅燒傷我的手臂，也把我的臉燒壞了，讓我變成一個妖怪。但姐姐卻不嫌棄我，不僅把我當好朋友，還送我生日禮物，真的就像天使一樣。可是姐姐妳知道嗎？……妳沒有來訪之後，我就沒有朋友了。後來我好寂寞，就假裝自己有小潔、盈盈、美里和阿惠這些朋友，她們都不存在，我知道的，只是我喜歡假裝她們是真的。對不起姐姐，我真的很喜歡很喜歡姐姐，我們的情誼是真的，只是愛情裡……真的無法容下第三人，我實在太愛勇哥了，姐姐那麼漂亮，只要妳存在勇哥就不可能愛我，姐姐妳那麼好，姐姐那麼善良，一定可以理解的，而且一定願意再對我好一次，對不對？姐姐……

（呻吟者這時流出淚來……）

（這時外頭傳來男人呼喚聲，發問者一骨碌的坐起身子）

發問者：姐姐，太好了，勇哥到了……姐姐，現在請妳放輕鬆，很快就會過去的……來，姐姐放輕鬆喔……

（說完，發問者把刀直往呻吟者的心臟處插下，一次兩次三次……直到呻吟者不再抽搐為止。接著發問者起身，拿起桌上的球棒，跑向門口，把粉紅小屋的門打開）

（全文完）

釀小說114　PG2412

切膚之美

作　　者　馬　卡
責任編輯　喬齊安
圖文排版　周怡辰
封面設計　劉肇昇

出版策劃　釀出版
製作發行　秀威資訊科技股份有限公司
114 台北市內湖區瑞光路76巷65號1樓
電話：+886-2-2796-3638　傳真：+886-2-2796-1377
服務信箱：service@showwe.com.tw
http://www.showwe.com.tw
郵政劃撥　19563868　戶名：秀威資訊科技股份有限公司
展售門市　國家書店【松江門市】
104 台北市中山區松江路209號1樓
電話：+886-2-2518-0207　傳真：+886-2-2518-0778
網路訂購　秀威網路書店：https://store.showwe.tw
國家網路書店：https://www.govbooks.com.tw
法律顧問　毛國樑　律師
總 經 銷　聯合發行股份有限公司
231新北市新店區寶橋路235巷6弄6號4F
電話：+886-2-2917-8022　傳真：+886-2-2915-6275

出版日期　2020年6月　BOD一版
定　　價　250元

Printed in Taiwan

國家圖書館出版品預行編目

切膚之美 / 馬卡著. -- 一版. -- 臺北市：釀出
版：秀威資訊科技發行, 2020.06
面； 公分. -- (釀小說；114)
BOD版
ISBN 978-986-445-400-6(平裝)

863.57 109006336

讀者回函卡

感謝您購買本書，為提升服務品質，請填妥以下資料，將讀者回函卡直接寄回或傳真本公司，收到您的寶貴意見後，我們會收藏記錄及檢討，謝謝！如您需要了解本公司最新出版書目、購書優惠或企劃活動，歡迎您上網查詢或下載相關資料：http:// www.showwe.com.tw

您購買的書名：________________________________

出生日期：________年________月________日

學歷：□高中（含）以下　□大專　□研究所（含）以上

職業：□製造業　□金融業　□資訊業　□軍警　□傳播業　□自由業

□服務業　□公務員　□教職　□學生　□家管　□其它_____

購書地點：□網路書店　□實體書店　□書展　□郵購　□贈閱　□其他

您從何得知本書的消息？

□網路書店　□實體書店　□網路搜尋　□電子報　□書訊　□雜誌

□傳播媒體　□親友推薦　□網站推薦　□部落格　□其他__________

您對本書的評價：（請填代號　1.非常滿意　2.滿意　3.尚可　4.再改進）

封面設計____　版面編排____　內容____　文／譯筆____　價格____

讀完書後您覺得：

□很有收穫　□有收穫　□收穫不多　□沒收穫

對我們的建議：________________________________

____

____

____

請貼
郵票

11466
台北市內湖區瑞光路 76 巷 65 號 1 樓

秀威資訊科技股份有限公司 收

BOD 數位出版事業部

……………………………………………………………………………………

（請沿線對折寄回，謝謝！）

姓　名：＿＿＿＿＿＿＿＿＿ 年齡：＿＿＿＿ 性別：□女　□男

郵遞區號：□□□□□

地　址：＿＿＿＿＿＿＿＿＿＿＿＿＿＿＿＿＿＿＿＿

聯絡電話：(日) ＿＿＿＿＿＿＿＿＿ (夜) ＿＿＿＿＿＿＿＿＿

E-mail：＿＿＿＿＿＿＿＿＿＿＿＿＿＿＿＿＿＿＿＿